ARCHE

Inge Kutter

Hippie sommer

Roman

ARCHE

MIX
Papier aus verantwortungsvollen Quellen
FSC® C083411

ISBN 978-3-7160-2746-2

Originalausgabe
1. Auflage 2016

Gesetzt aus der Arno Pro
Satz: Pinkuin Satz und Datentechnik, Berlin
Druck und Bindung: CPI books GmbH, Leck, Germany
Printed in Germany

www.arche-verlag.com
www.facebook.com/ArcheVerlag

Das ist die Geschichte von Elena. Ich kann es auch gleich sagen: Sie geht nicht gut aus.

Mehr als zehn Jahre ist der Sommer jetzt her, ich müsste ihn längst vergessen haben. Aber er stiehlt sich in meine Gedanken, seit ein paar Wochen geht das schon so. Die Bilder blitzen plötzlich auf wie Szenen aus einem alten Film, ich sehe Elenas Gesicht, wie es damals aus dem Spiegel blickte.

Ich sehe ihre graugrünen Augen, die sie mit einer Linie umrahmt, bis sie wie die einer Katze aussehen. Sie tuscht ihre hellen Mädchenwimpern und verwendet so viel Sorgfalt darauf, wie man sie nur haben kann, wenn der Anblick der schwarzen Spitzen unter den feinen Brauen noch neu ist. Sie stäubt sich Puder auf die Nase, bis ihre kleinen Sommersprossen unter der samtenen Schicht verschwinden. Als sie sich kämmt, verfangen sich ihre Haare in der Bürste, und sie streicht noch energischer, damit sie auf ihren Schultern aufliegen.

Auf der Kommode drängen sich all die Plastiktuben und -döschen, für die sie ihr Taschengeld ausgibt. Ich rieche noch ihr sanftes Parfüm, das sie sich mit den Fingern auftupft, es duftet gleichzeitig süß und bitter, wie Lavendel und Zigaretten.

Die Bilder legen sich auf die Fliesen, das Laken wird für sie zur Leinwand, wie auch das Tuch auf dem kleinen Tisch und die gemusterte Tapete. Zuerst flimmern sie noch ein bisschen, als wäre die Filmrolle in meinem Kopf schon etwas zerkratzt und angestaubt. Dafür sind sie hell, fast überbelichtet, vielleicht, weil damals Sommer war und Elena gerade erst siebzehn, flirrend, leichtsinnig, übermütig.

Ich sehe, wie sie ihre Lippen spitzt, die sie behutsam ausgemalt hat – ich kann noch das weiche Kirschrot spüren, wie es sich von dem wächsernen Stift schützend über die zarte Haut legt! –, dann nimmt sie ein Papiertaschentuch und drückt ihren Mund einmal fest darauf. Sie presst einen Kuss in die grauen Fasern, zerknüllt das Tuch und wirft es zu Boden. Der Kuss darin ist ihr egal – sie hat noch so viele zu verschenken.

Was für ein Sommertag war das! Der heißeste, den ich mir denken kann. Die Wiesen beginnen bereits zu summen, der Tau verpufft in den ersten Strahlen. Elena öffnet das Fenster weit und saugt die Hitze in sich auf. Der Morgen draußen ist noch neu – wer weiß, was er ihr bringen wird! In ihrer jugendlichen Welt ist alles überwältigend.

Ich suhle mich in dieser Wärme, die sich in mir und um mich ausbreitet, während ich an den Sommer denke. Wie gern würde ich in ihr versinken!

Aber nun kommen die Schattenflecken und schieben sich langsam über die Bilder. Sie verdunkeln sie wie ein düsterer Filter, ein Schleier aus dichtem, körnigem Staub, und als ich versuche, sie zu vertreiben, verblasst der gesamte Film vor mir.

Er lässt die Bettdecke weiß zurück, sauber zu einem Quadrat gefaltet, die kleinen Blüten auf der Tapete in verblichenem Eierschalenbraun. Die Vorhänge sind dünn gewaschen, die Fensterscheibe hat Wasserflecken. Sie zeigt nur meinen eigenen Schemen, der an den Rändern fransig wird.

Ich sitze auf dem Fensterbrett und starre in den Januarregen. Meine Fingerkuppen hinterlassen Fettabdrücke auf dem Glas. Sie bohren, versuchen, es zu durchdringen. Dabei gibt es draußen nicht viel zu sehen. Nasse Bäume, nackte Beete, zwischendrin ein paar mit Zweigen unförmig verpackte Rosen. Dunkler Kies, ein kleiner Platz, unter einem Dach ein Brunnen. Manchmal wagt ein einsamer Mensch ein paar

Schritte auf den Wegen. Weit kommt er nie. Der Wind und der Regen treiben jeden schnell wieder zurück.

Vielleicht ist es hier im Frühling ganz nett, wenn die Rabatten wieder blühen. Und wenn schon – so lange bleibe ich nicht. Das wird ja wohl nicht nötig sein.

Es scheint, als wäre ich im Hotel, wie sonst auch, wenn auch in keinem luxuriösen. Ich habe mich am Empfang gemeldet, man wusste von meiner Reservierung. »Herzlich willkommen bei uns, Frau Forster!« Ich unterschrieb einen grünen Bogen.

Aber das hier ist kein Hotel. Im Hotel nimmt einem niemand das Smartphone ab und verschließt es im Schrank an der Wand, dort durchsucht niemand den Reisekoffer, bevor er ihn aufs Zimmer bringt.

Ins Hotel geht man nicht zur Therapie.

Ich wollte gleich viele Stunden nehmen, um bald wieder in Ordnung zu kommen, doch die Frau am Empfang lachte nur leise.

»Bei Ihnen muss es wohl immer schnell gehen! Kommen Sie erst einmal runter, Frau Forster. Wir brauchen hier keine Musterschüler. Genießen Sie es, allein zu sein und Zeit für Ihre Gedanken zu haben.«

Sie gab mir meinen Stundenplan, die meisten Kästchen darauf waren weiß wie die Kacheln in der Halle.

»Hier ist Ihr erster Gesprächstermin.«

Eine Stunde in zwei ganzen Tagen!

Ich kann mich nicht mehr daran erinnern, wann mein Kalender zuletzt so leer war. Bis auf Weihnachten vor Kurzem, als ich bei meiner Familie war.

Das habe ich der Frau nicht gesagt. Sonst hätte sie womöglich eine Notiz für den Therapeuten gemacht.

»Kommen Sie erst einmal zu sich, Frau Forster!«

Wenn ich nur wüsste, wie das gehen soll.

Die Wände um mich herum sind kahl. Ich habe gar nichts mitgebracht, was ich aufstellen oder -hängen könnte. Das einzig Persönliche war mein Smartphone, das ich nun nicht mehr bei mir habe.

Wobei darin auch keine Fotos sind. Ich bin niemand, der Menschen knipst, um sie mit sich herumzutragen. Das Blackberry ist mein Arbeitsgerät.

Ich habe nur die Bilder in mir.

Mein Finger fährt über die Rillen im Stein. Sie verzweigen sich, kommen wieder zusammen, die Platte ist warm von der Heizung darunter. Manchmal knackt es in den Rohren.

Ich ziehe die Beine zu mir heran.

Die Tapete atmet leise.

Ich presse die Stirn an die kühle Scheibe.

Nun bin ich also mit mir allein.

1

Ich zog den Rollkoffer hinter mir her. Er ist ein Teil meines Körpers geworden, ein längerer Arm, ein drittes Bein, das mir leise knirschend hinterherrutscht. Sie ist mir vertraut, meine Reiseprothese, sie folgt mir nahezu auf dem Fuß, und ich verlasse mich auf sie, während ich durch den Flughafen laufe.

Den Weg vom Eingang bis zum Gate hätte ich auch blind gefunden. Die immer gleiche Routine dort: Das Hallen der Absätze auf dem Stein, mein eigener gehetzter Schritt, der Röstgeschmack des Cappuccinos, der den des Pappbechers überdeckt. Die Ansagen, die aus den Lautsprechern schallen. Das Rascheln der leeren Brötchentüte: Tomate-Mozzarella-Bagel, das Papier vom Pesto durchgeweicht.

Ich spiegelte mich in den Auslagescheiben auf Sandwiches mit getrocknetem Schinken und in den Augen toter Garnelen, die dort seit Tagen zur Zierde lagen. Die Magazine schienen zu schreien, ich versuchte, die Zeilen zu ignorieren. Ich schirmte mich gegen die Nachrichten ab, mein Kopf war zu voll mit Informationen.

Normalerweise begleiten mich andere Unternehmensberater, wie ich ziehen sie ihre Koffer zum Flugzeug und weiter ins Hotel und zum Kunden. Am Morgen hängen manchmal noch Blutströpfchen auf den Männerwangen, winzige Flecken auf der Blässe, die fahrige Hände zu hastig rasierten. Am Abend sind die Krawatten verstaut, und aus den Mündern riecht es sauer. Wir leben alle das gleiche Leben, zumindest von Montag bis Donnerstag.

Ich reise gern mit meinen Kollegen. Sie laufen im gleichen schnellen Schritt, sie bewegen sich zügig durch die Halle. Sie wissen, wie man sich verhält. Die Feiertagsfluggäste wissen das nicht.

Vor mir auf dem Rollband stand eine Familie mit einem Berg aus Jacken und Taschen. Äpfel und Brote für mehrere Tage, ein Arsenal aus Schals und Mützen. Sie standen links, rechts ihre Koffer, der Kleinste lag direkt auf dem Boden. Er ließ seinen Drachen vor sich hüpfen, ein hässliches Tier aus gelbem Plastik.

Unruhig wippten meine Füße in den Nubukstiefeletten. Ich hasse es, aus dem Takt zu geraten, meinen Laufschritt zu verlassen, den ich mir auf meinen langen Wegen über die Rollbänder angewöhnt habe.

»Leon, machst du der Frau bitte Platz?«

Das war der Vater weiter vorne, der über das Koffergebirge hinwegrief.

»Sch-sch, es brennt!«, machte der Kleine.

»Leon, die Frau möchte, glaub ich, vorbei.«

»Ja, das will sie«, sagte ich. »Sonst tritt sie nämlich auf deinen Drachen.«

Was musste er auch auf der Laufspur spielen und alle anderen blockieren! Konnten die Eltern ihren Kindern denn nicht beibringen, sich zu benehmen?

Ich stellte mir vor, wie ich meinen Absatz in das gelbe Plastikvieh rammte. Ich würde seine Flammen austreten, die mir meinen Weg versperrten, ich würde das hässliche Maul zerquetschen, bevor es meine Schuhe zerkratzte.

Der Kleine drückte den Drachen an sich und flüchtete

zu seinem Vater. Ich zog den Koffer an ihnen vorbei. Er streifte eine der Plastiktüten.

Ein Surren.

Ich griff in die Jackentasche, während ich weiter über das Band lief.

»Ja bitte?«

Fast schon ein Automatismus. Auch mein Smartphone gehört zu mir.

»Hallo, Süße, ich wollte nur hören –«

Ich übersah die kleine Stufe, die das Ende des Rollbands markierte, ich stolperte auf den polierten Boden.

Susanne. Musste das jetzt sein?

Sie rief mich nie auf dem Handy an. Weil sie nicht mit mir reden wollte, wenn ich eigentlich auf dem Sprung war – sie wollte, dass ich mir Zeit für sie nahm, mich auf ein Gespräch mit ihr einließ. Zeit hatte ich selten. Eigentlich gar nicht. Ich war sowieso nicht oft in der Wohnung. Ich habe mich manchmal schon gefragt, warum ich sie angemietet habe.

Wahrscheinlich, um dort für alle Fälle einen Anrufbeantworter zu haben, auf dem Susanne sich regelmäßig über mich beschweren konnte. Sie warf ihm vor, dass ich nicht da war, beschimpfte ihn, bis das Band voll war, gelegentlich auch darüber hinaus, wenn sie so richtig in Rage war. Ich hörte mir das einmal an, danach löschte ich jede Nachricht, ohne sie vorher abzuspielen. Ich wusste ja schon, was kommen würde. Dafür hatte ich keinen Nerv mehr.

»Susanne, ich bin auf dem Weg zum Flieger!«

»Zu uns?«

»Nein, auf die Kanarischen Inseln.«

Ein Schlucken am anderen Ende der Leitung.

»Natürlich zu euch, das war ein Scherz!«

»Ich weiß ja nicht – warum mit dem Flieger? Von Frankfurt ist es doch gar nicht so weit.«

»Weil ich damit schneller bin. Und weil meine Meilen sonst verfallen.«

Einen Moment lang blieb es still. Vielleicht verkniff sie sich ihren Einwand. Aber sie fasste sich gleich wieder: »Ich wollte einfach nur hören, Süße, ob du denn schon unterwegs bist?«

»Ja, natürlich«, sagte ich.

Es war keineswegs natürlich, und das wussten wir beide genau. Die Weihnachten der letzten Jahre habe ich allein verbracht. Nicht, dass das schön gewesen wäre. Aber ich konnte nicht zurück. Ich hielt mich von meinen Eltern fern, als hätten sie eine verheerende Krankheit.

Mein gesamtes Studium hindurch bin ich kaum zu Besuch gekommen – obwohl ich da noch in München wohnte, wohin ich nun erst fliegen musste. Ich schob Prüfungen vor, für die ich lernen musste, Praktika, die meine Ferien belegten.

In diesem Jahr aber – dem ersten im Job – hatte ich das nicht mehr durchgehalten.

»Ja, natürlich«, wiederholte Susanne. Dann noch einmal fester: »Ja, natürlich! Wo solltest du schließlich auch sonst feiern? Du hast ja niemanden außer uns.«

Nun war plötzlich ich diejenige, die schluckte.

Ich habe meine Kollegen, Susanne!, hätte ich ihr erwidern sollen. Ich lerne hier mehr Leute kennen als du in deinem ganzen Leben! Ich kriege täglich Hunderte E-Mails. Wenn das mal keine Kontakte sind!

Aber an Weihnachten ist es anders. An Weihnachten haben alle Familie.

Ich drückte auf den roten Knopf. Er ließ Susannes Stimme verstummen. Das musste ich mir nicht anhören. Sie konnte froh sein, dass ich kam!

Das Pärchen vor mir blieb plötzlich stehen, fast wäre ich in es hineingelaufen. Ein Mädchen in glänzender Steppdaunenjacke, ihr Freund mit ölig gekämmtem Haar. Sie drückte ihm ein Paket in den Arm, das sie bis eben getragen hatte, dann fing sie an, in ihrer Tasche zu wühlen. Wahrscheinlich suchte sie die Tickets.

Seine Brauen zogen sich zusammen. Gleich würde er unwirsch zu ihr sagen: »Das ist doch jedes Mal dasselbe!« Schon wäre die Harmonie dahin.

War ich froh, dass ich niemanden neben mir hatte. Schon gar keinen, der mich zum Weinen brachte! Ich brauchte keinen Arm zum Halten, ich konnte sehr gut alleine laufen.

Doch da hielt das Mädchen die Tickets hoch. Sie waren in ihrer Jacke gewesen. Er lächelte, flüsterte ihr etwas zu. Schnell überholte ich die beiden.

Die Schlange an der Sicherheitsschleuse reichte bis weit hinters Absperrband. Die Bewegungen waren zäh, die Wartenden schienen am Boden zu kleben.

Vor mir kramte eine alte Frau umständlich in einem Beutel.

»Irgendwo muss noch die Klosterfrau sein.«

Seelenruhig reichte ihr der Beamte eine zweite Plastikwanne.

»Wir konnten das aber auch nicht wissen«, schaltete sich der Mann neben ihr ein. »Wir sind so lange nicht mehr geflogen. Unser Sohn hat uns die Tickets geschenkt.«

»Er holt uns in München ab.« Das war sie. »Wir haben ja noch einen Enkel gekriegt!«

Sie sollte sich auf ihren Kram konzentrieren!

Doch der Beamte lächelte weiter.

»Dann frohe Weihnachten«, sagte er und deutete auf die freie Schleuse.

Er lächelte auch mich noch an, als sollte ich mich mit ihnen freuen. Ich faltete meine Jacke zusammen und schob ihm stumm das Laptop hin.

Im Flieger saßen sie neben mir. Das hatte ja so kommen müssen. Die Schnallen ihrer Gurte klackten, schlugen hilflos aneinander, bis eine Stewardess sich erbarmte und sie ineinanderhakte.

Ich duckte mich tiefer in den Sitz. Es war so eng in dieser Maschine! Vor mir, neben mir, hinter mir Menschen und keine Möglichkeit, zu entkommen. Die weichen Hautlappen der Frau an meinem Arm auf der schmalen Lehne, ihr Geruch nach ranziger Veilchenseife. Ich presste die Wange gegen die Scheibe und wünschte, ich könnte mit ihr verschmelzen.

»Meinst du, die Decke wird ihnen gefallen?« Die alte Frau hörte nicht auf, zu reden. »Ich bin mir bei Natalie ja nicht sicher, ihr Geschmack ist so modern …«

Die Geschenke, die ich gekauft hatte, waren sowieso die falschen. Ein feiner Seidenschal für Susanne, für Hajo runde Manschettenknöpfe. Ich hatte sie gerade eben im Laden vor dem Gate erstanden.

Noch während die Verkäuferin die kleinen Schachteln geschlossen hatte, auf denen das Wappen der Marke prangte, hatte ich Susanne hören können: »Ist das nicht dieser teure Designer, bei dem man vor allem den Namen bezahlt?« Schon hätten wir ein Heiligabendthema: Menschen, die glaubten, es nötig zu haben, ihren Status zu demonstrieren, indem sie teure Marken kauften. Ich hätte den Laden verlassen sollen, anstatt nach dem Portemonnaie zu suchen.

Wir senkten uns durch die Wolkendecke, die bald auf München herabregnen würde. Lautes Klatschen bei der Landung. Es war tatsächlich kaum auszuhalten.

»Wir haben ja Zeit«, sagte der Opa, da war ich bereits aufgestanden. Mein Kopf drückte gegen das Gepäckfach, während der Flieger sich langsam leerte.

Über die Taxen vor dem Ausgang zogen sich graue Schmelzwasserschlieren. Es tropfte vom Vordach der Flughafenhalle. Ich drängte mich an der Schlange vorbei.

Das Auto war kalt und roch nach Rauch.

»Nach Hause?«, sagte der Fahrer. »Ja?«

Er fummelte an den Radioknöpfen.

»Zum Hauptbahnhof, bitte«, sagte ich. »Und machen Sie dieses Gedudel aus.«

2

Der Regionalzug stand schon am Gleis.

Er roch nach Schweiß und grober Wurst und lange nicht gereinigten Sitzen. Als wir aus der Stadt hinausfuhren, mischte sich auch etwas Gülle darunter.

Die Fensterscheiben dreckverschleiert, die Wiesen davor braun gesprenkelt. Helle Flecken in den Furchen, Schneereste, daraus stach das Gras. Kleine Dörfer in den Mulden scharten sich um Zwiebeltürme. Ab und zu ein gelbes Viereck, das zu mir herüberschien.

Ich war aus diesen Dörfern geflohen. Es hatte nicht schnell genug gehen können. Jetzt sahen sie so nach zu Hause aus, dass mich ein flaues Gefühl überkam.

Ob Christoph auch auf dem Heimweg war? Womöglich saß er im nächsten Waggon, die langen Beine ausgestreckt, und las in einem dieser *Journals*. Manchmal fiel ihm während des Blätterns eine Strähne ins Gesicht. Sie war so rot wie frische Rüben. Es hatte mich immer in den Fingern gekribbelt, sie aus seiner Stirn zu wischen.

In Frankfurt war es mir leichtgefallen, ihn aus meinem Leben auszublenden. Er war nie in meiner Wohnung gewesen, nichts konnte mich dort an ihn erinnern. Aber in diesen gemusterten Sitzen hatten wir gemeinsam gesessen. Vermisste er meine geschwungene Nase, die sich zwischen ihn und die Zeilen steckte?

Nein, ich würde nicht an ihn denken! Die Besuche bei

seiner Familie waren mir sowieso auf die Nerven gegangen. Ihr Hof war wie diese Nester da draußen: Von Ferne wirken sie heimelig, aber wenn man näher kommt, riecht man den Stall in jeder Ecke.

Wie hatte ich diese Nächte gehasst, unter der Schwere der Gänsedaunen, die mich im Schlaf fast erstickten, allein in dem kleinen Gästezimmer! Über mir wachte ein Kruzifix, ich spürte fast, wie der hölzerne Jesus missbilligend auf mich herabsah. Lebten Christoph und ich schließlich noch immer in wilder Ehe.

So hatte es seine Mutter genannt. Sie war strikt dagegen gewesen, dass wir uns sein Zimmer teilten. »Zu wenig Platz«, hatte sie gemurmelt. In Wirklichkeit fand sie es ungehörig, dass Menschen miteinander schlafen, wenn sie nicht verheiratet sind.

Ein wenig erinnerte mich die Familie in der Sitzgruppe gegenüber an sie: Vater, Mutter und zwei Töchter, sie mümmelten ein paar Zuckermandeln aus der Papiertüte zwischen sich.

»So viele Menschen«, sagte der Vater. »Da ist man doch froh, wenn man wieder rauskommt.«

»Aber der Weihnachtsmarkt war schön. Das könnten wir nächstes Jahr wieder machen.«

Die Ältere kaute an einer Strähne, auf ihrem Schoß lagen zwei dicke Tüten. Sie hatte wahrscheinlich eingekauft, während die Eltern den Markt besuchten. Ich stellte sie mir in der Umkleide vor, den Minirock über den pummeligen Schenkeln, die bange Frage, ob er zu kurz war, den trotzigen Blick: Egal, und wenn! Sie würde ihn in der Disko tragen, die Jungs würden ihr auf die Beine starren, sie würde sich seltsam und gut dabei fühlen. Würde sich das denn niemals ändern?

Ich zog mein Smartphone aus der Tasche. Keine neuen Nachrichten.

Allerdings gab es hier zwischen den Feldern auch keinen besonders guten Empfang. Hoffentlich war das in Altenbach besser! Es konnte ja schließlich immer passieren, dass jemand noch ein paar Daten brauchte. Wir waren mitten im Projekt, Weihnachten war nur dazwischengekommen.

Ich wäre gern vorher fertig geworden, zumindest mit meiner Präsentation. Ich hatte wie im Fieber gerechnet, aber die Anpassung der Gehälter hatte mich einige Tage gekostet. Der Auftrag war zwar nicht sonderlich groß – eine einfache Umstrukturierung. Doch der Kunde plante mehr, und wenn wir dieses Mal überzeugten, würden unsere Chancen steigen, dass wir den Folgeauftrag bekamen.

Während draußen die Schatten der Bäume und der Strommasten vorbeizogen, glitten die Folien durch meinen Kopf, die ich bisher entworfen hatte. Sie waren allerdings verschwommen, ich konnte sie nicht richtig fassen. Manchmal ruckelten sie auch, wie alte Dias im Vorführgerät. Es musste am schweren Rotwein liegen, der noch zwischen meinen Schläfen pochte. Erst am Vorabend hatten wir mit der Firma Weihnachten gefeiert.

Sie hatte ein ganzes Museum gemietet. Lange Tafeln mit weißen Tüchern, kleine Strahler in den Ecken. Die Gemälde an den Wänden hatten wie Dekoration gewirkt.

Ich war zwischen schwarzen Smoking-Schatten und engen Kleidern hindurchgetrieben, weicher Stoff streifte meine Arme, während ich ein Glas balancierte. Von irgendwoher floss ständig Champagner, die Perlen stiegen mir in den Kopf, sie hätten die Zahlen vertreiben sollen, aber die mischten sich nur mit ihnen.

Ich hätte mich eigentlich freuen müssen. Die erste Feier,

das erste Mal, dass ich richtig dazugehörte. Wie lange habe ich davon geträumt, endlich ein Teil dieser Firma zu sein! Aber die warmen Worte des Vorstands, die er uns in einem Video sandte, drangen kaum an meine Ohren. Stattdessen starrte ich auf den Nagel, der schwarz aus seiner Nase ragte, und fragte mich, welches Ausstellungsstück der Projektion hatte weichen müssen.

Was war bloß auf einmal los mit mir? Mechanisch hatte meine Gabel in das rosa Filet gestochen, das zwischen Balsamicoschnörkeln lag. Waren meine Geschmacksknospen abgestorben? Ich musste doch den Unterschied schmecken! Vor weniger als einem halben Jahr hatte ich noch in der Mensa gegessen.

Zumindest das merkte man mir nicht an. Ich saß dort in meinem Cocktailkleid und tat, als sei es nie anders gewesen. Und irgendwie war es tatsächlich so. Die Eleganz um mich herum erschien mir plötzlich so gewöhnlich.

Die Gläser klirrten, der Wein darin strahlte im Licht der silbernen Kandelaber. Mein Mund unterhielt sich mit meinen Nachbarn. Verwundert hörte ich mir zu.

Später stand ich an der Bar. Ein Lichtkegel wanderte über die Wände, Loungemusik plätscherte aus den Boxen. Vor mir stand ein Caipirinha, ich saugte den Alkohol aus dem Eis. Der Raum füllte sich mit meinen Kollegen. Wie Puppen kamen sie mir vor in ihren Smokings und Abendkleidern. Das Schwarz war wie eine Uniform, warum war mir das noch nicht aufgefallen? Wenn zwei dieser Puppen zusammentrafen, schüttelten sie einander die Hände und schnarrten ein paar Sätze vom Band. Zwischen den Bildern an den Wänden sah das aus wie eine Performance.

Der Saal verschwamm vor meinen Augen, während

sie zu tanzen begannen. Wie die Figuren einer Spieluhr drehten sie sich um sich selbst. Irgendwann war ich zwischen ihnen und wurde ein Teil des grotesken Balletts. Ich reihte mich ein in ihren Reigen, als hätte mich jemand aufgezogen.

3

Zwischen den Steinfliesen in der Einfahrt lag das Moos zentimeterdick. Mein Koffer holperte über den Kiessplitt, ich rieb ihn auf der Bastmatte ab. Es kam mir eigenartig vor, dass mein Schlüssel ins Türschloss passte.

Ein ziemlich gewöhnliches Siedlungshaus, weiße Mauern, dunkle Paneele, es glich demjenigen zur Linken wie demjenigen zur Rechten. Der einzige Unterschied zu den Nachbarn war, dass die blinkenden Lichter fehlten, die sich in den anderen Gärten um die laubfreien Äste wanden. Nur ein paar Strohsterne baumelten hinter den sprossenlosen Fenstern.

Ich zog die Windfangtür hinter mir zu. Im Hausflur schlug mir der Geruch von verbranntem Zimt entgegen.

An den Wänden hingen Seidentücher. Die Indienreise, von der sie stammten, hatte vor meiner Geburt stattgefunden. Zu dem alten Bauernschrank mit den groben Rosenranken wollten sie so gar nicht passen. Und der wiederum nicht zu den Fliesen, auf denen seine Füße standen.

Zwischen ihnen wellte sich ein abgeschabter Flickenteppich. Nichts schien sich hier richtig heimisch zu fühlen: Der Steingut-Schirmständer war fehl am Platz, das Klöppeldeckchen rollte sich an den gezackten Rändern auf, als wollte es möglichst wenig Berührung mit der weißen Kommode haben.

Auch mich selbst stieß der Boden ab, ich fröstelte in meinen Nylonstrümpfen. Vergebens suchte ich Halt an der Wand, während ich in die Pantoffeln schlüpfte, die unter der Kommode standen. Das hier war nicht mein Zuhause. Niemals würde es das werden! Ich legte meinen Alpaka-Mantel behutsam über das Treppengeländer, um ihn im Vorbeigehen greifen zu können, sollte ich plötzlich fliehen wollen.

Im Wohnzimmer stieß ich dann auf Hajo. Er saß in dem alten Ohrensessel, vor sich auf den Knien das Lokalblatt. Ich hatte die Überschriften bereits bei dem Mann im Zug mitgelesen.

»Das kann doch nicht interessant sein, Hajo!«

Er zuckte zusammen.

»Du, schon da?«

Sein Kopf hob sich aus seiner Position zwischen den beiden Sesselohren.

»Sieht ganz so aus.«

Er sah mich an.

»Na ja, wer weiß das schon bei dir. Kommst ja nur alle heiligen Zeiten. Hast ja jetzt dein eigenes Leben.«

Ich küsste ihn kurz auf die kahle Stelle, die man schon Glatze nennen konnte – es kam mir vor, als sei sie inzwischen etwas runder und größer geworden. Auch seine Barthaare waren heller, oder bildete ich mir das ein?

Die Zeitung glitt von seinem Schoß und landete neben ihm auf dem Boden.

»Diesen Schwachsinn liest du wirklich?«

»Muss ja mit meinen Kunden reden. Wissen, was sich hier so tut. Die sind ja alle in diesen Vereinen.«

»Läuft das Geschäft denn?«

»Ach, ja, läuft. Im Winter immer bisschen zäher. Ans

Bauen denken die Leute im Frühjahr. Wie die Vögel.« Schulterzucken.

Hajo zeichnet jetzt Siedlungshäuser, solche wie das, in dem sie jetzt wohnen. Hier ein Fenster, dort eine Tür, manchmal ein Flachdach, einen Erker. Ich glaube nicht, dass ihn das fordert. Geschweige denn, dass es ihm gefällt.

Er hatte doch einmal so große Ideen – früher, als er noch alte Häuser und Scheunen aus Backstein renovierte. Er schwärmte damals von Vierkanthöfen, von geschnitzten Giebeln, von alten Balken. Ging es ihm jetzt nicht auf die Nerven, die Wünsche von Kunden zu erfüllen, die nichts weiter wollten als ein Dach und einen Platz für ihre Autos?

»Und du?«

»Läuft auch.«

»Ah, ja. Soso.«

Er rieb sich mit einem Finger die Nase.

»Was machst du da eigentlich genau? Susanne meinte, du wirst gebucht, wenn Firmen Unterstützung brauchen?«

»Beratung. Wenn sie Probleme haben. Die sieht man von außen oft besser und schneller. Außerdem greift man dann leichter ein.«

»Ah, ja.«

Es klang nicht überzeugt.

Natürlich hatte er nichts verstanden. Niemand versteht, was Berater machen. Ich muss das immer wieder erklären. Das geht mir ziemlich auf die Nerven.

»Und sonst?«

»Was sonst? Ich arbeite viel.«

»Frankfurt – gefällt dir? Ich mochte es gern.«

»Ich bin dabei, mich einzuleben.«

Das konnte so ziemlich alles heißen. Ich wollte ihm die Wohnung nicht schildern, in der die meisten Möbel noch fehlten, weil ich einfach keine Zeit fand, samstags in einen Laden zu gehen.

Das Wohnzimmer kam mir ausgekühlt vor. Oder war ich zu dünn angezogen? Hajo trug eine Schafwolljacke. Konnten sie denn nicht einfach heizen?

Er nickte ein weiteres Mal vor sich hin.

»Wenn du Susanne suchst: Ist oben. Glaube, sie verrenkt sich gerade.«

»Sie macht was?«

»Susanne? Yoga. Ist ja jetzt ihr neuester Spleen. Gibt sogar selber ein paar Kurse, Anfänger, an der Volkshochschule. Hat dadurch was zu tun, tut ihr gut.«

»Bestimmt.«

Herrje, auch das noch.

Als hätte sie nicht schon genügend Ticks. Jetzt also auch noch Om und Chakren und dieses Energiegelaber.

Oben im Flur saß sie tatsächlich im Schneidersitz auf dem Perserteppich. Wie eine Statue sah sie aus, die Beine verschränkt, die Hände gefaltet. Auf ihrem Scheitel ein Hennaschimmer, die Brüste wie immer ohne BH. Sie baumelten wie die klobigen Perlen ihrer langen Holzperlenkette.

Susanne hat die verschiedensten Phasen. Mal schwört sie auf Salze, mal isst sie nur Rohkost, dann trinkt sie ausschließlich Ingwertee. Sie sucht einen Halt für ihr inneres Chaos, findet ihn aber natürlich nie.

Sie kann sich nicht an Regeln halten, ich glaube, sie ist zu rebellisch dafür. Sie fasst ihre Vorsätze, um sie zu brechen. Wahrscheinlich genießt sie das sogar.

Das führt dazu, dass ihre Phasen seltsam durcheinandergeraten. So isst sie mal Soja- und mal Fleischwurst, mischt Biowaschpulver mit Bleichkonzentrat, gießt Bachblütentropfen auf ihre Pflanzen, macht Basenfasten mit Magerquark.

Gerade verzichtete sie wohl auf Seife, ihr Zederngeruch hatte einen Stich. Vielleicht war aber auch nur ihr Deo alle.

Ich ging auf sie zu und räusperte mich.

»Ist die Erleuchtung schon eingetroffen?«

Susannes Lider klappten nach oben. Sie hat diese Augen, die immer blicken, als sähen sie alles zum ersten Mal. Runde graue, verwunderte Murmeln, die sich aus ihren Höhlen rollen.

»Solltest du nicht erst in zwei Stunden kommen? Ich hätte dich doch abgeholt. Bist du den ganzen Weg gelaufen? Ach, Süße, das hättest du doch nicht gemusst!«

Sie nahm die Hände auseinander und legte sie auf ihre Schenkel, Daumen und Zeigefinger zusammen. Die Handflächen bildeten kleine Schalen.

Sie musterte mich von oben bis unten.

»Du siehst ja ziemlich blass aus, Süße!«

»Was riecht hier so verbrannt?«, fragte ich.

»Schaust du denn gar nicht in den Spiegel? So schlimm war es im Studium nicht! Seit wann hast du solche Augenringe? Die sind ja schon fast dunkelgrau! Lassen die dich denn gar nicht raus in diesem Beraterunternehmen?«

Ich hielt mich am Treppengeländer fest.

Bloß keine Diskussion anfangen.

»Wir haben gestern länger gefeiert.«

So schnell ließ Susanne nicht locker.

»Das ist doch nicht von einer Nacht. Das hat sich doch tief eingegraben. Und was für müde Augen du hast! Kommst du denn noch zum Schlafen, Süße?«

»Irgendwas ist hier verkohlt. Oder sind das Räucherstäbchen?«

Die Schalen fielen in sich zusammen, die Hände sanken auf ihre Knie.

»Ich wollte backen.«

Susanne seufzte.

»Es hätten Elisen werden sollen. Hajo hat ja schon gelacht, als ich mit dem Rezept ankam. Einmal ist immer das erste Mal – na ja, so sehen die Dinger auch aus. Sie sind ziemlich dunkel geworden. Aber du kannst ja mal eins probieren.«

Mit diesem Satz schloss sie wieder die Augen, wie ein Orakel, das soeben eine Prophezeiung vollendet hatte. Ich war mir nicht sicher: War sie beleidigt, weil ich mich nicht bemuttern ließ?

Ich fand die Bleche in der Küche, die Häufchen darauf waren nahezu schwarz. Ich kratzte eins mit dem Messer ab und bröselte es in den Abfalleimer.

Früher hatte Susanne höchstens Spekulatius im Supermarkt gekauft. Weihnachten, dieses Kirchenfest, damit konnte man sie jagen. Sie tat, als seien wir nicht zu Hause, wenn die Kinder zum Sternsingen kamen. Jetzt lag hier sogar neuer Baumschmuck, bemalte Glaskugeln, lilafarben.

Vor dem Fenster stand der Zimmerbrunnen, Wasser rann aus dem Rosenquarz. Einer ihrer zahlreichen Buddhas kraulte sich den Staub vom Bauch. Daneben ein Foto von Elena. Sie lehnte an einer Terrassentür. Sie schien fast zu fluoreszieren, weil sich die Sonne in dem Glas brach.

Ich wischte mit dem Fingerrücken die feine Staubschicht von ihrem Haar. Dann schob ich den krüppeligen Kaktus beiseite und öffnete das Küchenfenster.

Wir sitzen einander jetzt gegenüber. An drei Tagen in der Woche, in den blauen Polstersesseln unter einem Blumenkunstdruck.

Manchmal schweigen wir gemeinsam, und ich warte auf die Fragen, während er den Blick gesenkt hält und in seine Tasse pustet.

Wiesenkräutertee, im Beutel. Zuckerwürfel stapeln sich in der gelben Zuckerschale. Eine Handvoll alter Kekse auf dem goldumrahmten Teller.

Gelbe Farbe an den Wänden. Soll wohl irgendwie beruhigen. Eine Palme in der Ecke, als hätte jemand sie vergessen.

Vielleicht träumt seine Assistentin manchmal heimlich von der Südsee. Er sieht mehr nach Wandern aus, drahtig, Muskeln unterm Pulli. Jede Woche ein, zwei Gipfel. Von hier ist es ja nicht weit zu den Alpen.

Nun kratzt er sich an seinem Haarkranz. Dünne, grau melierte Haare. Fehlt nur noch der weiße Kittel. Irgendwann werde ich ihn fragen, wo er den gelassen hat.

Ich schlage die Beine übereinander, um mit meiner neuen Hose nicht das Kissen zu berühren. Was weiß ich, wer seine Krümel schon in den Stoff gerieben hat. Der Keks schmeckt so trocken, wie er aussieht. Die rote Marmeladenfüllung klebt an meinen Backenzähnen. Ich reibe mit der Zunge dagegen. Wahrscheinlich ist er schon abgelaufen.

Was mache ich hier überhaupt? Ich hätte doch ins Hotel gehen sollen. Zwei Wochen Wellness, von mir aus auch drei, das hätte vollkommen ausgereicht. Ein bisschen Sauna, ein paar Massagen. Klangschalentöne. Panflötenmusik. Vielleicht sogar ein paar Yogastunden, um Susanne zu beruhigen.

Flauschige weiße Bademäntel. Frotteepantoffeln, den ganzen Tag. Ja, gern die Lomi-Lomi-Behandlung. Die Fango-Packung. Den Obstsalat.

Ich hätte mich einfach nur ausruhen sollen. Ich hätte es mir leisten können. Warum habe ich nicht protestiert, als Susanne damit anfing, eine Behandlung für mich zu planen?

»Du musst dich mit dir auseinandersetzen. Glaub mir, das hat mir auch geholfen. Nicht nur die Symptome behandeln, sondern wirklich tiefer gehen.«

Wahrscheinlich habe ich sogar genickt. Meine Visiere waren unten. Ich habe sie einfach machen lassen. Und sie hat mich hier angemeldet.

Der Therapeut nippt schon wieder am Tee. Dass er den nicht überhat. Immer ist er so bedächtig. Er nickt und lehnt sich leicht nach vorn.

Aktiv zuhören – das kenn ich. Hab ich auch schon oft gemacht. Erst mal andere reden lassen und erfahren, was sie wollen. Danach kann man gut reagieren. Ich hatte zwei Seminare dazu.

Er braucht sich bloß nicht einzubilden, dass ich ihn nicht durchschauen würde. Ich weiß genau, was er bezweckt, wenn er mir seine Fragen hinwirft.

»Womit verbringen Sie Ihre Tage?«

»Mit meiner Arbeit.«

Womit sonst?

»Was haben Sie bei Ihren Eltern gemacht, während Sie darauf gewartet haben, dass Sie hier einen Platz bekommen?«

»Schlafen. – Nachdenken. – Hauptsächlich schlafen.«

»Worüber haben Sie nachgedacht?«

Natürlich muss er hier einhaken.

»Ach, so dies und das«, sage ich.

Ich verschränke meine Arme vor den Schalen meines BHs.

Der Therapeut stellt die Tasse ab, exakt auf den dünnen Wasserrand, den sie auf dem Untersetzer vorher hinterlassen hat.

»Vielleicht wollen Sie mir erst einmal etwas über Ihre Eltern erzählen?«

»Über meine Eltern?«

»Genau. Ich wüsste gerne mehr über sie. Schließlich haben Sie bisher die meiste Zeit Ihres Lebens mit ihnen verbracht.«

4

Es waren die Jahre des großen Aufruhrs, als sich Susanne und Hajo trafen: die Dutschke-Baader-Meinhof-Zeit, zu der Bob Dylan und Janis Joplin sangen und von der nun alle sagen, dass die Jugend damals noch jung war, nicht so angepasst wie heute.

Natürlich sagt das vor allem Susanne. Aus ihren Erzählungen habe ich mir die Geschichte meiner Eltern zusammengereimt. Ich stelle mir gerne vor, wie das war, an jenem Frühlingstag in Frankfurt.

Hajo steht am Eingang der Uni, den Rücken an die Mauer gelehnt. Er wartet auf einen Kommilitonen und raucht noch schnell eine Zigarette, die Asche bröselt auf die Steine und auf seine helle Hose. Ärgerlich wischt er darüber und die Brösel in den Stoff, wodurch ein breiter grauer Streifen auf dem beigen Cord zurückbleibt.

Hajo kann Unordnung nicht leiden, er muss mit dem Chaos gehadert haben, das damals an der Uni herrschte. Ihm ging das sicher auf die Nerven, was sich da zusammenbraute: Dauernd irgendwelche Demos, Proteste, Sit-ins und dergleichen, Vorlesungen wurden einfach gestürmt und in Kundgebungen verwandelt von irgendwelchen Revoluzzern.

Da ist auch schon so ein Hippiemädchen. Sie läuft direkt auf ihn zu, barfuß, über die grüne Wiese, obwohl es längst noch nicht so warm ist. Ihr weites lilafarbenes Kleid flattert wild um sie herum.

Dicht vor Hajo bleibt sie stehen.

Was will sie von ihm haben, Feuer? Um sich an der Flamme zu wärmen? Ja, so sieht sie aus, die Kleine: wie eine verfrorene Landstreicherin!

Nein, sie zieht eine Zigarette aus der Tasche, selbst gedreht. Hastig nuschelt sie die Bitte. Dabei streift ihr warmer Atem sanft sein linkes Schlüsselbein.

Feine Röte auf den Wangen, kleine Brüste in dem Ausschnitt, schmale Handgelenke, Finger, die sich an dem Stoff festhalten. Jetzt, von Näherem betrachtet, ist ihr Haar nur leicht zerzaust. Und es riecht auch gar nicht dreckig, eher wie ein Zedernwald.

Eine Strähne löst sich knisternd und versengt ihm fast die Hand. Wofür braucht dieses Mädchen Feuer, wenn es andere entflammt?

Ihm fällt die Zigarette hinunter, er tritt sie in das Kopfsteinpflaster. Sucht in seiner Jackentasche. Doch, da ist das Feuerzeug.

Zitternd schnippt er das Eisenrädchen, und schon glüht sein rechter Daumen. Auch das Jackett ist ihm plötzlich zu heiß.

Endlich, eine blaue Flamme!

Das Mädchen nimmt einen tiefen Zug, die Glut frisst sich durch die Tabakblätter bis hinein in ihren Mund und weiter in die graue Iris, die davon grüne Sprenkel bekommt. Blass entströmt der Rauch ihren Lippen, scharf beißt er Hajo ins Gesicht. Hajo hustet, kneift die Augen zusammen.

Da ist sie schon davongerannt.

Hat sie sich bei ihm bedankt? Hat sie nicht, da bin ich

mir sicher. Doch das ist ihm ganz egal. Er läuft ihr trotzdem hinterher.

Manchmal kann ich es kaum glauben: dass sich Hajo, der Vernunftmensch, ausgerechnet in die Fee mit den Katzenaugen verguckt hat! War ihm damals denn nicht klar, dass dieses irrlichtende Wesen sein Leben auf den Kopf stellen würde?

An dem Tag hat er sie nicht mehr erwischt. Sie ist in dem Strudel verschwunden, der sich aus den Vorlesungssälen über die Treppen und Flure ergoss. Hajo konnte ihr nicht folgen. Irgendwann hat er aufgegeben.

Aber er hat sie wiedergefunden, in der Kommune, in der sie wohnte. Ich frage mich ja immer noch, wie er dorthin geraten ist.

Ich stelle mir einen Altbau vor, in dem natürlich die Türen fehlen. Die Farbe schuppt sich von den Wänden, Schlieren ziehen sich über die Scheiben, Strünke halb verdorrter Pflanzen leiden in den Blumentöpfen. Gebrauchtes Geschirr stapelt sich in der Spüle und auf allen freien Borden. Es ist ein Wunder, dass Hajo nicht auf dem Absatz kehrtgemacht hat.

»Da war irgendeine Magie im Spiel«, hat Susanne später gesagt, und Hajo, der in solchen Fällen meistens etwas wie »Blödsinn!« murmelt, hat dazu nur sanft gelächelt.

In meinen Gedanken setze ich ihn auf einen bräunlich grünen Lappen, der in einem früheren Leben ein Perserteppich gewesen sein muss. Inzwischen scheinen die Bodendielen durch das dünne Gewebe hindurch, und Hajo schlägt seine Beine unter, um wenigstens irgendein Polster zu haben.

Die Kommunarden diskutieren, Adorno, Horkheimer, was auch immer – es ist egal, worüber sie reden, denn Hajo versteht sowieso nichts davon. Die Sätze sind für ihn so verschlungen wie die Teppichornamente, die sich umeinanderwinden; kaum glaubt er, etwas entwirrt zu haben, entgleitet ihm der Gesprächsfaden wieder. Argumente spinnen sich hin und her, verweben sich zu einem Diskurs. Man hört kaum noch sein eigenes Wort, so laut wird in der Kommune gestritten.

Und dann, auf einmal, betritt sie den Raum: die kleine Fee mit den Katzenaugen. Ihr langer Rock schleift auf dem Boden, fast sieht es aus, als schwebte sie, bis sie sich auf die Erde setzt und ihre Füße sehen lässt. Elfenhafte schmale Zehen, die man fast zerbrechen kann. Und die Sohlen ziemlich dreckig. Hajo verfällt ihr ganz und gar.

Schon beginnt er selbst zu schweben, er hebt mit dem Teppich ab und sitzt plötzlich in den Wolken. Dichte Räucherstäbchenschwaden wabern süß um ihn herum. Und die Diskussion verebbt irgendwo im Nirgendwo.

Nur in ihre Augen starren. Sind sie grau oder eher grün oder grau mit grünen Sprenkeln? Hajo könnte ewig sitzen, um genau herauszufinden, welcher Anteil dieser Farben sich in ihrer Iris mischt. Und Susanne lässt ihn einfach. Keine ihrer Wimpern regt sich, nur der Anflug eines Lächelns spielt um ihren feinen Mund.

Und so findet sich Hajo später auf dem Laken neben ihr, unter ihrer Häkeldecke, die schon ein paar Löcher hat. Er blickt auf den nackten Rücken, der sich aus der Wolle hebt, auf die schmalen Schulterblätter, die die dünne Haut durchstechen. Sachte streicht er in Gedanken über ihre Wirbelknochen, erst im Nacken und dann tiefer, seine Finger kribbeln zart. Durch die Jalousielamellen schleicht sich das Laternenlicht. Ihre feinen Haare glänzen, fast, als ob der Mond darauf schiene.

Hajo muss sich sehr beherrschen, nicht sofort hineinzupacken in das Knistern auf dem Kissen, er darf gar nicht daran denken, dass sie keinen Schlüpfer trägt.

5

Beim Versuch, mich auszustrecken, stieß ich mit dem Kopf an Holz.

Die Matratze war zu kurz, und das Kissen roch staubig, als hätte es zu lang im Schrank gelegen. Meine Oberschenkel schmerzten. In meinem Traum war ich gelaufen.

Da waren Gänge aus Glas gewesen, ich war sie hinauf- und hinuntergelaufen. Ich klopfte an Türen, es kam keine Antwort, ich legte ein Gitternetz über die Gänge, um meine Fragen ordnen zu können. Vor mir erschien eine Reihe aus Zahlen, sie setzte sich bis ins Unendliche fort, sie blinkte und zog ihre Schleifen um mich, dann wanderte sie in mich hinein.

Da öffnete sich eine Tür, ein Mann im Anzug gab mir die Hand. Ich glaubte, ich sei endlich angekommen, und wollte schon über die Schwelle gehen. Aber die Zahlen in meinem Kopf begannen sich auf einmal zu drehen, die Tür verschwand in der gläsernen Wand, zu meinen Füßen entstanden Kästchen. Es waren die Felder einer Tabelle, über die ich schnell springen musste. Ich musste jedes zweite berühren, sonst würde etwas Schlimmes passieren!

Die Angst davor steckte mir noch in den Gliedern, von den Zahlen pulsierte mein Kopf. Nun fing mein Kissen leicht an zu beben. Etwas summte neben meinem Ohr, und dann erklang die Melodie, ein fröhliches Stück aus einem Film. Ein Mädchen tanzt dazu über die Straße, in einem kurzen roten Kleid.

Mein Smartphone! Ich hatte es unter mein Kissen gelegt, um keinen Anruf zu überhören. Es konnte ja passieren, dass Steffen, mein Teamleiter, noch etwas brauchte.

Schon hatte ich den süßen Geruch des Rasierwassers in der Nase, das er immer zu dick auftrug. Ich roch es bereits, wenn er ins Büro kam, noch stärker, wenn er neben mir stand, um mir etwas auf dem Bildschirm zu zeigen. So nah wie bei der Weihnachtsfeier war er mir vorher jedoch noch nie gekommen.

Er war ziemlich betrunken gewesen. Sein langes Gesicht war rot angelaufen, in seinen blonden Geheimratsecken hatten kleine Tröpfchen gestanden. Er fing immer wieder davon an, dass seine Frau nicht mitkommen wollte, weil sie angeblich Kopfschmerzen hatte. »Angeblich.« Er hatte das Wort betont und beim Barkeeper neue Cocktails geordert.

Ich war müde von der Arbeit. Auch Steffen stützte den Kopf in die Hand. Er kam mir auf einmal gealtert vor. War es nur das blaue Licht, das seine Wangen hohler machte und seine Augenringe tiefer?

Ein kleiner Bauch wölbte sich über dem Gürtel. Hatte sich Steffen nicht gebrüstet, niemals ohne die kleinen in den Flieger zum Kunden zu steigen? Marathon war er auch gelaufen. Kam er nicht mehr zum Trainieren?

Die Haare auf seinem Handrücken bebten. Ich hätte fast darübergestreichelt. Aber ich hielt meine Hand zurück. Er war ja schließlich mein Vorgesetzter.

Doch er forderte mich zum Tanzen auf, zog mich fest an seinen Smoking, die Lippen pressten sich warm und feucht auf meinen Scheitel.

Er murmelte etwas in mein Haar, ich konnte die Worte nicht verstehen. Wahrscheinlich war es besser so. Was hätte ich sonst antworten sollen?

Ich wagte es nicht, nach oben zu blicken und ihm in die Augen zu sehen, ich hatte Angst, dort viel zu viel oder aber zu wenig zu finden. Wir waren nicht mehr als zwei Schiffbrüchige, die zusammen gestrandet waren und sich nun aneinander festhielten, weil sie nicht wussten, woran sonst.

Trotzdem zitterte meine Hand, als ich nach dem Smartphone kramte. Ich scrollte durch die Anrufliste, seltsamerweise war da kein Eintrag. Auch das rote Licht blinkte nicht, das die Nachrichten sonst anzeigt. Ich hatte die Melodie doch gehört! War sie nicht eben noch da gewesen?

Ich schlug die Bettdecke beiseite.

Die Fliesen im Bad waren kalt wie Eis, ich fröstelte in meinem Schlafanzug. Klirrend fiel mir der Becher ins Becken, als ich die Zähne putzen wollte. Musste hier alles so rutschig sein? Und konnten sie beim Waschen für die Handtücher keinen Weichspüler nehmen? Der Frotteestoff brach fast in meiner Hand. Fest rubbelte ich damit meine Wangen.

Das Make-up brannte auf meiner Haut, die Tusche verklebte meine Wimpern. Ich malte weiter, ich brauchte die Maske. Sie gab meinen müden Zügen Kontur.

Die Bluse war natürlich zu fein, aber ich mochte diesen Kragen. Er hielt meinen Kopf für mich über Wasser. Ich schloss ihn bis zum vorletzten Knopf.

In Susannes Filzpantoffeln tappte ich vorsichtig über den Flur. Ich scheute mich, nach unten zu gehen, von wo bereits Stimmen zu mir drangen. Susannes war rauchig, bisweilen heiser, Hajos für einen Mann sehr hell. Kam die eine nur kurz ins Stocken, fiel ihr die andere schon ins Wort.

»… und dann glaubt sie doch tatsächlich, dass sie meinen Kurs umsonst kriegt! Als ob das mein Hobby wäre!«

»Hat vielleicht nicht daran gedacht.«

»Allein was mich die Raummiete kostet! Und wenn ich erst zusammenrechne, was ich in den letzten Jahren für meine Ausbildung bezahlt hab. Außerdem brauch ich das Geld.«

Ich drückte mich an den Küchentürrahmen.

Sie lehnten beide an dem Bord und rührten in ihren Henkeltassen. Der Frühstückstisch war schon verlassen, Marmelade klebte an den Messern, eingerollte Käserinden schwitzten auf den Tellerrändern.

Ich hätte mich gern in die Küche gestohlen, mir Kaffee aus der Kanne genommen, Brötchen auf den Teller gepackt, und wäre dann unbemerkt verschwunden.

Doch das war natürlich nicht möglich.

»Da bist du ja endlich, guten Morgen! Hast du gut geschlafen, Süße? Wie lang warst du denn gestern noch wach? Als ich aufs Klo musste, war noch Licht.«

Susanne streckte die Hand nach mir aus, als ob sie mir über den Arm streicheln wollte. Aber sie zog sie kurz vorher zurück und zupfte nur an dem Baumwollschal, der ihr Haar nach hinten hielt. Fließende Kleckse in bunten Farben, kein Vergleich mit dem Seidentuch aus dem teuren Flughafenladen. Wie war ich nur auf die Idee gekommen? Ich hätte die Rechnung aufheben sollen.

Ich suchte im Schrank nach den Kaffeefiltern, aber ich fand nur lösliches Pulver. Wo war Susannes Kaffee geblieben?

»Ich hab einen guten Gewürztee, Süße. Ingwer und

Lemongrass, wenn du willst, der macht einen klaren Kopf, ohne die Nerven anzustrengen.«

»So ein Yogi-Tamtam«, sagte Hajo. »Bringt die Energie in Schwingung. Rechtsdrehend und bei Vollmond gepflückt, per Hand natürlich, in Leinenbeutel.«

»Als ob du dich damit auskennst! Wer sagt denn, dass nicht doch was dran ist? Rüdigers Studien beweisen, dass es durchaus Kräuter gibt, die auf den Organismus wirken!«

»Rüdigers Studien, genau!«

Jetzt bloß nicht Partei ergreifen. War das nicht immer schon so gewesen? Ich kann mich nicht daran erinnern, dass sie je einer Meinung waren. Sie sagt hü und er sagt hott. Nur wenn man es wagen sollte, eine Seite vorzuziehen, greifen sie zusammen an.

Hajo steckte im Rollkragenpulli, den hatte er schon seit Ewigkeiten. Die Löcher an den Ellenbogen waren sein Markenzeichen geworden. Wie ein Künstler trug er sie, kokettierte mit seinen Makeln. Als ob das, was er jetzt machte, irgendetwas mit Kunst zu tun hatte.

Und Susanne – Mutter Yoga. Nur weil sie nun Kurse gab, hielt sie sich für frisch erleuchtet. Tee bei Vollmond – wer das glaubte!

Sprudelnd floss das heiße Wasser in die gelb geblümte Tasse, und die Krümel schäumten auf. Susanne reichte mir statt Milch fettarme graue Sojaplörre.

Auf dem Kühlschrank sang das Radio, rauschte manchmal – schlechter Empfang. »If you're going to San Francisco …«

Ja, da wären sie wohl gern!

Lange würde ich das nicht aushalten. Der Kaffee schmeckte säuerlich. Oder lag das an der Milch?

»Wer ist Rüdiger?«, fragte ich.

»Das frag ich mich auch«, sagte Hajo. »Heiler oder Seelenklempner? Doktor oder Scharlatan? Wer ist Rüdiger? Gute Frage! Ob er das denn selber weiß?«

Susanne verschränkte ihre Arme.

»Rüdiger ist mein Therapeut. Yogi und Reiki-Meister. Außerdem ist er Psychologe.«

Trotzig trat ihr Kinn nach vorn.

»Wofür brauchst du einen Therapeuten? Ich dachte, das hättest du hinter dir.«

»Ich mach eine Analyse. Und das tut mir sehr, sehr gut.«

»Ja«, sagte Hajo. »Jetzt inzwischen. Vor ein paar Wochen allerdings ...«

»So ein Tief gehört dazu, wenn man in sich selbst hineingräbt. Das ist normal, sagt Rüdiger, schließlich wühlt man alles auf. Alte Seelensedimente, die man abgelagert hat. Was man da zutage fördert, kann ja nicht nur Schönes sein.«

»Deshalb grab ich gar nicht erst.«

Hajo stellte die Tasse ab. Diesmal hielt ich meinen Mund. Überall vermintes Gelände.

»Ich finde, das kann jedem helfen, sich seinem Inneren zu stellen. Weil Probleme ja nicht weg sind, wenn man sie beiseiteschiebt.«

»Außer, man vergisst sie einfach.«

»Das glaubst du, dass das so geht.«

»Weiß ich aus Erfahrung, Sanne.«

Ich wagte einen verhaltenen Einwurf: »Wenn es ihr guttut, warum nicht?«

Doch jetzt war sie schon beleidigt.

»Ich verlang ja nicht von euch, dass ihr mich zu ihm begleitet! Jeder muss doch selber wissen, wie er mit seiner Seele umgeht. Ich wünsch mir einfach nur Respekt. Dass ihr ernst nehmt, was ich mache, wenn ich mich entwickeln will.«

Ihr geflecktes Batiktuch hatte sich aus ihrem Haar gelöst, es rutschte über ihre Schultern. Ärgerlich hob sie es auf und drehte es zu einer Kordel.

»Jemand muss noch Sachen kaufen«, sagte sie. Das war wohl ihre Art der Rache.

Sie kramte in der Küchenschublade und fand einen Kugelschreiber.

»Würstchen bräuchten wir ja dringend. Süßen Senf und Essiggurken. Christbaumkerzen, rote Zwiebeln –«

Die Mine kratzte über den Zettel.

Hajo gab sich einen Ruck.

»Ich hol mal den Baum«, sagte er. »Muss ja auch noch aufgestellt werden.«

Und schon war er an der Tür.

Susanne sah mich durchdringend an.

Nein, das ging jetzt wirklich nicht!

»Ich muss arbeiten, Susanne. Wir haben im Januar eine Präse, die muss ich noch vorbereiten.«

»Was, an Heiligabend, Süße? Irgendwann ist auch mal gut. Du bist hier und nicht in Frankfurt. Und hier kannst du auch mal helfen.«

Sie schnappte sich meine Kaffeetasse, der Geschirrspüler klappte zu. Diskussion abrupt beendet. Sprachlos stand ich da und sah zu.

6

Dass Susanne und Hajo geheiratet haben, wundert mich eigentlich immer noch. Auf dem Foto vom Standesamt wirken sie auch beide so, als wüssten sie selbst nicht, wie ihnen geschieht.

Susanne trägt eine blaue Jeans, durch die ihre eckigen Hüftknochen stechen. Ihre Wangen sind fast so weiß wie der Kragen ihrer Bluse. Ihre Augen hat sie geschlossen. Wahrscheinlich nur in der Sekunde, in der das Foto geschossen wurde, aber es wirkt, als ob sie dem Beamten in Trance lauschen würde.

Hajo hält ihre Hand in der seinen. Er blickt, als hätte er sich gerade einem allmächtigen Schicksal ergeben. Und das hat er wohl tatsächlich: Susanne war nämlich schwanger geworden.

»Ich hab ihm gesagt, er muss das nicht machen«, hat sie später immer betont, wenn sie von dem Tag erzählte. »Mir war das Standesamt egal. Ich hätte das Kind auch so bekommen.«

»Wenn das so sicher gewesen wäre!«, war dann immer Hajos Antwort. »Ich hatte damals schon den Eindruck, dass dir die Heirat wichtig war.«

Ich glaube, dass die kleine Fee ihn ziemlich durcheinanderbrachte. Er bekam sie nicht zu fassen: Viel zu flirrend war ihr Geist, viel zu flüchtig war ihr Körper, der sich im Rauch ihrer Selbstgedrehten langsam aufzulösen schien.

Wer weiß, wie lange sie sich schon hatte treiben lassen, durch Kommunen und Partynächte. Und was all die Mittel mit ihr machten, derer sie sich gern bediente und die nicht ganz so magisch waren, wie Hajo angenommen hatte.

Wenn er an seinem Schreibtisch sitzt, ist sein Strich nicht selten fahrig. Kann er ihm überhaupt vertrauen, diesem leichten Ätherwesen?

Doch wenn sie sich dann an ihn schmiegt mit den Ecken ihres Beckens, wenn die kalte Nasenspitze seine nackte Brust berührt, schwinden alle Vorbehalte. Nur noch ihre Haare streicheln, bis der Spliss zu knistern anfängt! Und sie flüstert in sein Kissen, etwas, was er nicht versteht.

Vielleicht hat sie sich ein paar Morgen unbesorgt im Bad übergeben, bis sie merkte, was mit ihr los war. Dann ist sie damit zu ihm gegangen.

Es ist der Tag, an dem er seiner Mutter endlich die Freundin vorstellen will. Lange hat sich Susanne geweigert: »Eltern! Damit kannst du mich jagen!« Nun aber muss sie ihn wohl begleiten. »Wenn wir schon ein Kind bekommen«, hat Hajo wahrscheinlich zu ihr gesagt, »kannst du auch meine Mutter kennenlernen.«

Ich sehe Oma auf der Schwelle zu der engen Wohnung stehen, so, wie sie jeden Gast empfing: die Arme in die Hüften gestützt, als ob sie das Haus verteidigen müsste. Hinter ihr die dunkle Diele, die Kommode mit dem Häkeldeckchen, darauf die Vase mit den Blumen, das Foto meines toten Opas.

Oma drückt ihren Sohn an die Brust und an die eckigen Bernsteinklumpen, die sie zu besonderen Anlässen trug. Kurz greift sie sich an die Löckchen, die auf ihrem Kopf festkleben, als wären sie aus Beton gegossen – bestimmt ist sie noch beim Friseur gewesen! –, dann gibt sie Susanne die Hand.

Auf dem Tisch liegt das Sonntagstuch, die Falte in der Mitte lässt ahnen, wie akkurat es gefaltet wurde. Langsam zieht sich das scharfe Messer durch die dunkle Kuvertüre und die Creme der Donauwelle.

Ich sehe Susanne, wie sie verkrampft auf der Sofalehne sitzt. Ihr Gesicht gleicht dem der Puppen in der Vitrine hinter ihr, auch die Hand auf ihrem Schenkel sieht aus, als wäre sie aus Porzellan.

»Backen Sie eigentlich auch gern, Susanne?«

Omas Frage versenkt Susanne in die bunten Häkelkissen. Sie schlägt ihre Katzenaugen auf den geblümten Teller nieder, wo die Sahne langsam mit dem Tortenstück verschmilzt.

Tortenbacken, ausgerechnet! Susanne, die noch Jahre später kaum Spaghetti hinkriegen wird.

»Ich hab das bisher noch nicht versucht«, murmelt sie in ihren Ärmel.

»Susanne studiert doch, Mama«, sagt Hajo, auch wenn er sich dessen nicht sicher ist. Sie sitzt öfter auf der Wiese als in einem Uni-Hörsaal.

Susanne geht auf den Balkon. Oma beginnt, das Geschirr abzuräumen. Dabei grummelt sie vor sich hin, was das noch werde mit der Jugend.

Zögerlich stapelt Hajo die Teller mit den Resten aufeinander. Er sieht die Hand mit den Sonnenflecken, die die letzten Kuchenkrümel von dem gestärkten Tischtuch wischt. Kurz verspürt er den sehnlichen Wunsch, sie an seine Brust zu drücken, da fällt sein Blick auf die Gestalt, die draußen auf dem Geländer sitzt.

Schmal ist sie, fast schimmert der Himmel durch die

dünne Silhouette. Schon ein leiser Windstoß bliese sie in ihr Feenreich zurück, mit dem kleinen Elfenkind, das so zaghaft in ihr wächst. Nur die Beine halten sie, die sie um die Sprossen schlingt, feine, viel zu zarte Wurzeln, nur ein Hauch, schon rissen sie …

Hajo tritt zu ihr hinaus, sacht, um sie nicht zu erschrecken. Sanft schlingt er einen Arm um sie, damit sie ihm nicht davonfliegt.

7

Der Motor des Saab heulte auf und starb ab.

Ich drehte den Zündschlüssel zurück, zog die Handbremse wieder an, drehte den Zündschlüssel noch einmal. Es blinkte auf den Armaturen. Fest trat ich auf die Kupplung ein. Trat sie mehrmals auf den Boden: Jetzt – komm – schon – endlich – blödes – Ding! Doch das Ding bewegte sich nicht.

Ich drehte den Schlüssel wieder vor. Zu schnell. Kein Lämpchen leuchtete auf. Zurück. Und vor. Zurück. Und vor. Da rutschte auch noch mein Sitz nach hinten.

Mein Schuh verhakte sich in der Matte. Mit dem feinen Lederhandschuh wischte ich über die Windschutzscheibe. Sie war immer noch beschlagen. Mein Finger hinterließ graue Striemen.

Wieder trat ich in die Pedale: Kupplung, Gas. Endlich, ein Ruck! Das Auto hüpfte – und zwar nach hinten. Direkt gegen einen Mauerpfeiler.

Tief Luft holen. Und weiteratmen.

»Du musst nur fest die Kupplung treten.« Das war Susannes Ratschlag gewesen. »Warum soll der Saab denn nicht mehr fahren? Der tut schon so lang seine treuen Dienste.«

Sie hat ihn, seit ich denken kann, und liebt ihn wegen seiner Macken. Er sei lebendig, sagt sie manchmal. Sie meint wohl: So launisch wie sie selbst.

Ich kurbelte mit beiden Händen. Natürlich, keine Servolenkung. Vorsichtig fuhr ich aus der Einfahrt hinaus. Was musste mein rechter Fuß so zittern!

Ich war das Fahren nicht mehr gewöhnt. Meistens nehme ich mir ein Taxi, wenn ich in einer Stadt ankomme. Ich sitze hinten, telefoniere, schreibe E-Mails, bereite Gespräche vor. Die fremde Stadt bleibt hinter den Scheiben, und ich komme sicher an mein Ziel. Ich habe Wichtigeres zu tun, als irgendwo nach dem Weg zu suchen.

Doch Altenbach war mir nicht fremd. Da war die Tankstelle an der Ecke, in deren Säulen sich schon der Rost fraß – hier hatten alle eingekauft, bevor sie auf eine Party gingen. Der Jugendtreff, eine alte Halle, auf der jetzt frische Graffiti prangten. Das Café, das früher »Atmo« hieß, nannte sich neuerdings »Sahara«.

Die Eisdiele »La dolce vita«, die Scheiben mit Zeitungspapier verhängt – wie oft hatten wir in der Mittagspause vor dem Tresen in der Schlange gestanden. Christoph hatte mir später erzählt, er hätte mich immer einladen wollen. Er hatte sich damals schon gemerkt, dass ich Zitrone am liebsten mochte.

Genug der Sentimentalität! Die Kleinstadt war wie jede andere. Sah ich solche trostlosen Straßen in letzter Zeit nicht sowieso dauernd?

Wenn man im Studium davon träumt, beruflich unterwegs zu sein, denkt man ja an große Städte, an Langstreckenflüge übers Meer. Doch bei den meisten Projekten werde ich in der Provinz gebraucht, in Wolfsburg, Mannheim, Bielefeld. Oft blicke ich auf leere Straßen und ödes Industriegelände, wenn ich nachts im Hotelzimmer sitze.

Der Fitnessraum hat dann schon geschlossen, ich kenne niemanden in der Nähe. Ein Glas an der Bar, ein später

Burger, das sind die einzigen Alternativen. Ich bleibe lieber allein bei den Nüssen, die es in jeder Minibar gibt. Und gehe noch ein paar Folien durch, weil ich sowieso nicht schlafen kann.

Was war denn das? Der Parkplatz war leer. Statt des Supermarkts nur eine kahle Halle. Der Saab stockte und blieb stehen, genauso irritiert wie ich.

Die Schilder waren abmontiert, bis auf das eine: »Zu vermieten«. Ein Loch klaffte in der Fensterscheibe, eine schwarze Katze stieg hindurch. Sie glitt mitten durch die Scherben und tappte geschmeidig in das Dunkel. Für einen Augenblick glaubte ich zu sehen, wie sie mir die Zunge zeigte.

Ich halluzinierte ja wohl schon! Aber die leere Halle blieb. War ich so lange weg gewesen, dass ich nicht einmal mehr den Supermarkt fand?

Eine ältere Frau schlurfte über den Bordstein. Die Hexe, der die Katze gehörte! Gebückt, im schwarzen Kunstpelzmantel, vergoldeten Modeschmuck im Ohr.

Ich kurbelte an der Fensterscheibe.

»Entschuldigen Sie, sagen Sie, wo finde ich denn den Supermarkt?«

Wahrscheinlich verstand sie nur Dialekt.

»Entschuldigung. Der Supermarkt! Ich hab gedacht, der wär dort drüben. Wenn Sie mir vielleicht sagen könnten – «

»Der Supermarkt? Oh mei, oh mei. Der ist schon lange umgezogen. Dann hatten wir einen Elektromarkt. Aber hier hält sich ja nichts mehr.«

Als hätte ich das wissen wollen.

»Es fahren doch alle ins Industriegebiet. Ich kenne mich dort ja kaum mehr aus. Neulich hab ich Filter gebraucht, wissen Sie, einfache Kaffeefilter – aber ich weiß ja nicht einmal mehr, in welchem Geschäft ich suchen soll!«

»Die Neubauten am Ortsausgang? Die Straße weiter und dann links?«

Die Frau seufzte.

»Was soll man machen. Früher, zum Laden um die Ecke, da konnte ich zu Fuß hingehen. Jetzt muss ich jedes Mal darauf warten, dass meine Schwiegertochter mich mitnimmt. Ich kann ja nicht mehr so gut laufen, und am Knie hab ich es auch.«

Ich kurbelte die Scheibe nach oben.

»Vielen Dank, auf Wiedersehen!«

Das war mir schon lange nicht mehr passiert. Im Büro weiß jeder, wie Small Talk geht, vom Vorstand bis zu den Praktikanten. Wir haben das anfangs sogar geübt, im Kurs für Kundenkommunikation. Es war ein bisschen wie Theater, und ich war richtig gut darin.

Übers Wetter kann man reden oder über die Umgebung. Selbst an Städten wie Bielefeld kann man etwas Schönes finden. Man kann von seiner Fahrt erzählen und von der guten Unterkunft. Und man muss ein Gespür dafür haben, wann der Small Talk zu Ende ist.

Der Parkplatz im Industriegebiet war von Menschen überlaufen. Die letzten Tannen wurden verladen, die mit den ausgedünnten Spitzen. Mütter standen an Kofferräumen und wuchteten Einkaufstüten hinein. Dazwischen Mädchen mit Kreolen und unendlich langen Fingernägeln und Jungs in dicken Bomberjacken, die ihren Babyspeck verbargen.

Hier kaufte jetzt wohl ganz Altenbach ein. Wahrscheinlich inzwischen auch Christophs Familie. Sie verließen ihren Hof nicht oft, aber vor Weihnachten vielleicht, um die Kühltruhe zu füllen? Womöglich schickten sie Christoph sogar – nein, wenn, dann bot er sich selbst dafür an, seine Mutter zu unterstützen.

Vorsichtig lenkte ich um die Kurve. Jetzt auch noch eine Lücke finden, die groß genug war, damit ich nicht anstieß. Nicht, dass der Saab so viel Platz gebraucht hätte. Aber ich war aus der Übung.

Da sausten zwei Jugendliche heran.

Wie konnten sie so schnell sein?

Skateboards!

Und das bei diesen Temperaturen!

Verdammt!

Hart trat ich auf die Bremse.

Ein Ruck.

Der Gurt schnitt in meine Brust.

Wenn das jetzt schiefgegangen wäre! Wenn ich das Pedal nicht gefunden hätte!

Der Motor stockte, mein rechtes Knie bebte.

Die beiden rollten über die Fahrbahn. Sie standen lässig auf ihren Boards, als würden sie über das Pflaster surfen.

»Idioten! Habt ihr sie nicht mehr alle!«

Sie hörten nichts.

Ich schlug auf die Hupe.

»Wie geisteskrank muss man denn sein!«

Ich reckte meinen Mittelfinger. Einer der beiden drehte sich um. Er grinste mich an. Verdammte Blagen!

Mit zitternden Fingern schloss ich den Saab ab und kehrte noch einmal zurück, um auch den Kofferraumdeckel zu prüfen. Keine Zentralverriegelung. Was für ein vorsintflutliches Auto!

Das Drehkreuz quietschte in den Angeln, ich zwängte meinen Korb hindurch. Im Hintergrund lief »Jingle Bells«. Ich holte tief Luft, um ruhig zu bleiben.

Das Obst lag zwischen Plastikzweigen. Fehlte nur noch der Einkaufszettel. Hatte ich ihn im Auto gelassen? In meinem Mantel war er nicht.

Susanne wollte Ingwer haben, daran konnte ich mich erinnern. Aber die Knollen waren vertrocknet, sie würde darauf verzichten müssen.

Die Orangen sahen schon besser aus. Ich versuchte, eine Plastiktüte von der Rolle abzutrennen, ohne den Handschuh auszuziehen.

»Wart mal«, sagte jemand hinter mir.

Als ob ich das nicht selber konnte!

Erst langsam drang die Stimme zu mir durch. Ich kannte dieses metallische Schmeicheln. Und dieses – wie hieß das Parfüm? Und diesen Geruch nach Teer und Rauch.

Die Rolle fiel mir aus der Hand.

Kaum wagte ich, mich umzudrehen.

Er trug die Lederjacke offen, als sei ihm sogar das zu warm. Die Turnschuhe. Das Silberarmband. Und diese Härchen auf der Hand.

Er passte nicht hierher zu den Äpfeln, die unterm Kunstlicht wächsern glänzten, zu den Filets in Plastikfolie, die blutleer in der Truhe lagen. Er müsste die Kartoffeln eher aus dem vereisten Boden graben, mit Schrot auf einen Hasen zielen, der sich aus einem Waldstück wagt. Nein, ihm sogar mit den bloßen Händen das Fell über beide Ohren ziehen, kaum hätte er ihn sich gegriffen.

Moritz bückte sich nach der Rolle und riss eine Plastiktüte ab.

8

»Hi«, sagte er. Dehnte es. Grinste.

Wusste er meinen Namen noch? Ein Flackern in seinen hellen Augen. Er musterte mich, nickte vor sich hin.

»Hi.«

Ich biss mir auf die Zunge. Hatte ich mir nicht geschworen, dass ich ihn nie mehr grüßen würde?

Da stand er auch schon neben mir und hielt mir die Plastiktüte hin.

»Na, was wolltest du denn haben.«

»Orangen«, rutschte es mir heraus.

Wie kam er überhaupt dazu, sich um meinen Einkauf zu kümmern!

Schon hatte er in den Karton gegriffen und rollte die Früchte in seinen Händen. Wie ein Stock stand ich daneben, während er sie prüfend drückte.

Auf einmal kam ich mir so vor, als sei ich selbst eine der Orangen. Ich glaubte, seine Finger zu spüren.

Da warf er mir eine Orange zu.

»Danke«, hörte ich mich sagen.

Als wäre das überhaupt nötig gewesen. Ich war ihm überhaupt nichts schuldig.

Aber da stand er mit der Tüte. Er hielt sie mir nicht einmal hin, sie baumelte einfach an seinen Fingern. Ich musste einen Schritt auf ihn zugehen, um sie ihm aus der Hand zu nehmen.

»Du wohnst noch hier?«

Mehr fiel mir nicht ein.

Ich blickte auf seine Lederjacke. So eine hatte er immer getragen, braun und schon ziemlich abgewetzt. Auch der blonde Pferdeschwanz, den er sich im Nacken band, war mir noch vertraut von früher.

Doch seine Wangen erschienen mir schmaler, auch die aufgeworfenen Lippen waren nicht mehr so breit wie einst. Das Grienen hatte sich eingeprägt, es wirkte dadurch weniger lässig.

Meine Frage schien ihn durcheinanderzubringen.

»Wie, was. Nein, schon lang nicht mehr. München, ein bisschen außerhalb. Ich bin nur zwischendurch mal hier. Und du – besuchst du deine Eltern.«

»Weihnachten, da muss man ja mal. Sonst bin ich auch viel unterwegs.«

»So«, sagt er. »Was machst du so.«

Er hob die Stimme nie, wenn er fragte.

Ob es ihn überhaupt interessierte? Er selbst sah irgendwie nicht so aus, als ob er einem geregelten Beruf nachginge. Vom Aushilfsarbeiter bis zum Barmann konnte es ungefähr alles sein.

Etwas drückte sich in meinen Rücken, hart und wie aus dünnen Stäben. Ich wandte den Kopf um, und tatsächlich: Da stand ein alter Mann hinter mir, der seinen sperrigen Einkaufswagen geradewegs in mich hineinschob. Nicht fest – dafür war er nicht stark genug. Aber mit all der Kraft, die er hatte. In dem Drahtkorb lagen drei Bananen.

»Geh aus dem Weg!«, krächzte er heiser.

Ich glaubte, mich verhört zu haben. Allein schon dieses respektlose Du, das hier auf dem Land verwendet wurde!

Und das von diesem kleinen Männchen, das fast in seinem Jackett verschwand.

Es krallte sich an der Stange fest. Wie boshaft die unterlaufenen Augen über den grauen Bartstoppeln blinkten!

»Geh schon!« Es lehnte sich gegen den Wagen.

Da war es an die Falsche geraten!

»Sie haben sie wohl nicht mehr alle! Nehmen Sie doch selbst die andere Seite! Als ob das der einzige Gang hier wäre. Als müssten Sie unbedingt hier durch! Mit dem, was Sie da bei sich haben, könnten Sie einen Einkaufskorb nehmen. Dann müssten Sie auch niemanden stören!«

Tückisch starrte das Männchen mich an. Seine Augen schienen noch röter zu werden. In den Mundwinkeln sammelte sich der Speichel.

»Durch!«, krächzte es mit sabbernden Lippen.

Ich blieb fest stehen, wo ich war, und hielt mit aller Kraft dagegen. Das sollte es erst einmal versuchen.

Ich spürte, wie die Drahtwand nachgab.

Schon wich das kleine Männchen zurück. Stolpernd klammerte es sich an den Wagen.

Ha, das hatte es nun davon!

Da nahm Moritz meinen Arm.

Nein, eigentlich nur meinen Ärmel. Er legte die Hand nur sacht auf die Wolle.

Trotzdem war ich so überrascht, dass ich fast die Balance verlor.

»Den Opa kennt man hier doch schon. Ist einfach ein bisschen wirr im Kopf.«

Die Stimme streichelte mein Ohr. Ich hielt mich an einer Kiste fest.

»Ein bisschen wirr? Der ist doch verrückt. Wer lässt den denn allein einkaufen!«

»Hat vielleicht nicht mehr so viel, was ihm seinen Tag ausfüllt.«

Moritz sah über die Regale hinweg bis zu der Wand mit den Tütensuppen. Von der Seite wirkte er wie früher. Diese eingedrückte Nase.

Und dann dieses leichte Grienen: »Weihnachten. Kann stressig sein.«

»Allerdings. Wem sagst du das.«

Wir standen da und schwiegen ein bisschen.

Ich dachte, gleich würde er mit der Linken in die Jackentasche greifen und mir eine Zigarette anbieten. Moritz rauchte noch immer, ich roch es. Aber ich fand es nicht unangenehm.

»Fährst du denn noch?«, fragte ich.

»Was.«

»Mit dem Motorrad, meine ich.«

»Ist kein Wetter dafür jetzt.«

Damit hatte er wohl recht.

Waren seine Haare nachgedunkelt? Damals waren sie heller gewesen, aschig, fast schon ohne Farbe. Hatte das an der Sonne gelegen?

Moritz blickte auf die Uhr.

»Ich muss jetzt«, sagte er. »Jano wartet.«

»Oh«, sagte ich. »Natürlich. Wer?«

»Jano. Mein Sohn. Hab ihm versprochen, dass ich ihn besuchen komme.«

»Du hast, ich meine, also – hier?«

Moritz war Vater? Unvorstellbar.

»Na ja, wir sind nicht mehr zusammen. Ich und – seine Mutter eben. Ich komm ihn nur manchmal hier besuchen. Müsstest sehen, wie er wächst!«

Moritz, ausgerechnet Moritz! Der kaum Verantwortung trug für das, was er selbst anrichtete. Wobei – ein Kind hatte man ja schnell. Es gab hier viele Geschichten von Frauen, die glaubten, dass sie einen Mann durch ein Kind an sich binden könnten.

»Du hast keine Kinder, oder.«

»Ich bin getrennt«, sagte ich kurz.

Das klang besser als allein. Es klang, als wäre da noch jemand, der irgendwie zu mir gehörte.

Moritz zuckte mit den Achseln. Es schien ihn nicht weiter zu interessieren. Er schulterte seine Jutetasche, die irgendein unförmiger Inhalt ausbeulte.

»Ja dann«, sagte er. »Ich muss jetzt wirklich. Aber morgen, wenn du Lust hat. Im ›Beach‹ ist so eine Weihnachtsparty. Ich bin ziemlich sicher da.«

Bevor ich noch etwas sagen konnte, hatte er sich schon umgedreht.

Ich sah ihm nach, sah seine Gestalt – ja, wirklich, er war kleiner geworden! – zwischen den Regalen schlendern, sah ihn den Jutebeutel schlenkern, als mir auf einmal sein Hinken auffiel. Er zog das rechte Bein etwas nach. Es war leicht steif, es stockte unmerklich, verkürzte jeden zweiten Schritt. Vielleicht war es nicht für jeden sichtbar, aber wenn man davon wusste –

Etwas in mir wurde weich. Plötzlich fühlte ich mich besser. Ich begann vor mich hin zu summen, mit der Musik aus den Lautsprecherboxen. Leise knisterten die Gewürze, die ich zu den Früchten legte. Ich lächelte, während ich ein Glas Essiggurken aus dem Regal nahm.

Also doch. Ein kleines Zeichen.

Auch an ihm hatte jener Sommer seine Spuren hinterlassen.

Dieser Moritz hat Sie an etwas erinnert?«

Der Therapeut sieht mich auffordernd an. Er wartet darauf, dass ich etwas sage. Immer wieder macht er das.

Ich hatte mir eine Therapie irgendwie anders vorgestellt. Allein, dass er keinen Kittel trägt, sondern diesen gestrickten Pulli. Er hat gesagt, das sei keine Vorschrift, und mir dann ausführlich erklärt, dass manche Patienten es besser fänden, jemandem gegenüberzusitzen, der nicht wie ein Arzt aussieht.

Ich bin nicht wie diese Patienten. Ich will daran erinnert werden, dass ich in einer Klinik bin, wo sich jemand darum kümmert, dass es mir bald besser geht.

Der Therapeut greift nach der alten, abgewetzten Thermoskanne, um uns beiden nachzuschenken. Ein roter Strahl fließt in meine Tasse.

Ich frage mich, wie viel er insgesamt trinkt. Drei Tassen allein in meiner Stunde – eine fasst wie viele Milliliter? Und das Ganze dann mal sieben, falls er so viele Gespräche führt.

Eine Fallstudie der simpelsten Form. Ich habe sie dutzendfach geübt, um mich auf meinen Job vorzubereiten: Würden Sie einer Textilfirma raten, nur noch Hemden zu produzieren? Würden Sie als Windstromanbieter Norwegen oder Schweden wählen? Natürlich kann man nicht auswendig wissen, wie es um den Hemdenmarkt steht und in welchem nordischen Land welche Windstärke normal ist. Aber wenn man logisch denkt, kann man sich einiges erschließen.

In seinem Fall stellt sich natürlich die Frage, ob er zu Hause weiter Tee trinkt und wann er abends damit aufhört. Und zum

Frühstück – nimmt er da Kaffee? Oder hat er ihn sich verboten?

Ich versuche es noch einmal: »Wollen Sie mir nicht einfach sagen, was da überhaupt mit mir los ist? Ich meine, ich bin ein vernünftiger Mensch, ich kann das sicher nachvollziehen. Sagen Sie mir, was es ist, dann können wir daran arbeiten. Glauben Sie mir, ich tue alles, um hier bald wieder rauszukommen!«

Er sieht mich mit ruhigen Augen an. Behutsam schiebt er die Tasse beiseite, als würde die irgendwie zwischen uns stehen. Darauf ist ein Alpenveilchen mit einer Wurzel abgebildet.

»Nein, Frau Forster«, und er lächelt, »ganz so simpel ist das nicht. Ich kann nicht einfach zu Ihnen sagen: Dies und jenes haben Sie, also tun Sie bitte das. Ich kann Ihnen auch keine Mittel verschreiben, die Ihnen irgendwie helfen würden. Ich kann Sie nur dabei begleiten, etwas über sich zu lernen. Verstehen müssen Sie sich selbst. Möchten Sie noch etwas Tee?«

Er greift schon wieder nach der Kanne.

»Aber wie soll das denn – ich meine, wir reden bereits seit ein paar Stunden!«

»Das hier ist Ihre dritte Sitzung. Wir haben gerade erst angefangen.«

Eine Vase steht zwischen uns, kitschiges blaues Glas mit Blasen, darin ein Strauß aus gelben Tulpen. Wahrscheinlich hat seine Assistentin sie vom Einkaufen mitgebracht.

Er beugt sich zu mir über den Tisch.

»Sie sagten, Moritz sei etwas passiert? Dass Sie ihn wiedergetroffen haben, scheint Sie doch ziemlich berührt zu haben.«

Ich nicke.

»Was war mit diesem Sommer? Da ist doch irgendetwas gewesen?«

9

Natürlich gab es nicht den einen Tag, der den Anfang des Sommers markierte. Der Sommer entfaltete sich allmählich, er begann nicht mit einem Paukenschlag. Doch weil die Geschichte ein Ende hat, muss sie auch einen Anfang haben. Deshalb beginne ich mit dem Tag, an dem das Hippiekleid auftauchte.

Es lag obenauf in einer Kiste im hinteren Teil des Werkstattschuppens. Die Jahre hatten es zerschlissen: Das Lila war bleich wie Flieder im Regen, die bunte Stickerei auf der Brust schien ebenfalls blass geworden zu sein. Spiegelglasstücke stierten daraus hervor wie ermattete alte Augen. Der lange Rock war abgewetzt, er war wohl nicht schnell genug mitgekommen – die letzte Trägerin des Kleides musste es eilig gehabt haben.

Doch daran dachte Elena nicht. Sie hatte den Deckel zurückgeschlagen, und da lag das Hippiekleid vor ihr, als hätte es nur auf sie gewartet.

Elena liebte Verkleidungen. Schon als Kleinkind bestand sie darauf, alle möglichen Hüte zu tragen, auch wenn ihr die auf die Nase fielen. Später wehten Susannes Röcke, die sie sich ausgeliehen hatte, hinter ihr her wie große Flügel.

Elena flog darin durch ihr Reich über die Wiese bis zum Zaun, die Magnolie in der Mitte war ihr neues Sommerschloss. Sie lehnte ihren Kopf an den Stamm und blickte in die weißen Blüten, die aussahen wie aus Papier geschnitten. Wenn sie zum Abendessen hereinkam, welkte eine Krone auf ihrem Haar.

Susanne und Hajo dachten wohl, dass sie irgendwann damit aufhören würde. Jedes Kind spielt solche Spiele, bis es in die Schule kommt. Aber Elena hörte nicht auf, sich Geschichten auszudenken. Nur die Einfälle änderten sich, und die Kostüme wurden subtiler.

Ich erinnere mich gut an die Fahrt nach Kroatien. Elena war gerade zwölf und wollte lieber ins Ferienlager. Aber Susanne war dagegen. Daher fand Elena sich stattdessen auf dem verhassten Rücksitz wieder, auf dem Weg in den Familienurlaub.

Hajos Passat war rostig geworden durch die Fahrten in den Süden. In seinem Inneren stand die Luft zwischen den verhängten Scheiben, die Geschirrtücher vor den Fenstern zeigten der Sonne jeden Fleck. Weil das Radio kaputt war, sang Bob Dylan von der Kassette. Elena sang maulend mit: »Wie viele Stunden müssen wir noch über die Holperstraßen fahren?«

Die Schokoladenglasur der Kekse war von der Wärme angeschmolzen. Elena wischte ihre Finger mit Genugtuung in die Polster.

Das ganze Auto roch nach Bananen.

»Isst die jemand?«, sagte Hajo.

Elena verzog das Gesicht.

»Warum isst du sie nicht selber?«

Sie kurbelte das Fenster herunter und hängte einen Arm in den Wind. Dabei fiel ihr Blick auf das Muschelarmband, das noch aus dem letzten Urlaub stammte.

Und schon war sie ein Zigeunermädchen, das ihre Eltern gefunden hatten, auf einem Rastplatz aufgelesen, wo sie zum Tamburin getanzt hatte. Sie wollten sie domestizieren und in die Zivilisation verschleppen; sie dachten, sie täten ihr etwas Gutes, wenn sie ihr ein Bett anböten. Dabei war die Straße doch das, was sie wollte! Der Sternenhimmel, das Lagerfeuer. Nun war das Muschelarmband das Letzte, was aus dieser Freiheit geblieben war. Sie würde sich die Haare kämmen, mit Messer und Gabel essen müssen. War es da nicht allzu verständlich, dass sie bittere Tränen im Fahrtwind vergoss?

Sie klimperte mit ihrem Armband.

»Non kapiere«, antwortete sie, als Hajo sie nach dem Wasser fragte.

»Das ist dann wohl die Pubertät«, sagte er vorne zu Susanne. »Ich hatte ja eigentlich gehofft, das würde noch ein bisschen dauern.«

Er drehte den Lautstärkeregler auf, und nun sang Susanne mit: »The answer, my friend, is blowin' in the wind, the answer is blowin' in the wind.«

Da kannten sie noch nicht die Diva, die im Jahr darauf ihren Auftritt hatte. Die Lippen beinahe scharlachrot, einen ebensolchen Schal um den Hals, stolzierte sie mitten durch die Küche und verkündete, dass sie ausgehen wolle. Sie reckte ihr kleines Kinn in die Höhe und blickte mit einer Miene um sich, die keinen Widerspruch duldete. Im nächsten Augenblick, so schien es, käme die Kutsche vorgefahren.

Natürlich hatte sie nur ein Fahrrad. Sie wollte auf irgendeine Party, der ältere Bruder einer Freundin sollte sie später nach Hause bringen. Ein Arrangement, das Hajo zu kühn fand: Wer wusste, ob der Kerl fahren konnte. Und überhaupt sei sie noch zu jung, um abends länger wegzubleiben.

Elena griff nach ihrem Schal. Pathetisch riss sie ihn sich vom Hals. Wie blutgetränkt glitt er zu Boden.

Dann verschwand die Diva plötzlich, und Elena war nur noch dreizehn.

»Ihr seid doch scheiße!«, schrie sie laut, stampfte auf und rannte aus der Küche.

»Ach, Süße, ich versteh dich doch!«, rief Susanne ihr hinterher.

»Wie kannst du!«, heulte es aus dem Flur. »Dann würdest du mich doch gehen lassen!«

Elena brauchte nur einen Anstoß, um eine neue Geschichte zu finden. Und nun war da das Hippiekleid.

Elena drehte sich vor dem Spiegel, sie musste von jeder Seite prüfen, ob sie auch wirklich wunderschön war in diesem Fetzen aus Fliederlila. Sie legte ihr Haar zu einem Knoten, dann ließ sie es wieder nach unten fallen, sie wandte dem Spiegel die Schulter zu und sah sich selbst tief in die Augen. Sie raffte den Rock mit beiden Händen und streckte frech ein Bein nach vorn. Bei dem Versuch, sich von hinten zu sehen, verrenkte sie sich fast den Hals.

Das Kleid war genau das, was sie brauchte: für die Schulaufführung von »Hair«, dem Musical aus den Siebzigern, das sie fast jeden Nachmittag probten. Hauptsächlich wurde dabei gesungen, aber zwischendurch gab es auch Text, und Elena spielte die wichtigste Rolle oder das, was sie dafür hielt. Sie war Sheila, die Tochter aus gutem Hause, die sich unsterblich in Claude verliebt und mit ihm zu den Hippies durchbrennt, bis er in den Vietnamkrieg zieht.

Bislang fehlte nur noch das Kostüm, das die Verwandlung sichtbar machte. Sie hatte versucht, sich eines zu schneidern, ein weiterer von Susannes Röcken hatte dabei dran glauben müssen. Nun lag er zerknüllt in ihrem

Schrank; die vielen Abnäher hatten ihn nur noch unförmiger werden lassen.

Das hier aber war etwas anderes. Das Kleid sah aus wie eines von denen, die die Frauen auf Susannes Platten trugen. Es war auch nur unwesentlich zu lang. Elena nahm es mit ins Bad.

Sie ließ Wasser in die Wanne und goss Susannes Duschgel dazu. Das Kleid verschwand in einer Wolke, die immer größer und dunkler wurde. Der Schaum wurde grau, das Wasser fast braun. Elena summte vor sich hin. Sie zog den Stoff weiter durch die Wanne. Vielleicht würde sie ja Schauspielerin werden?

Erst als das Kleid auf dem Wannenrand lag – ein lilafarbenes Bächlein rann in den Ausguss –, kam Elena plötzlich der Gedanke, dass es Susanne gehören musste. Susanne in ihren braunen Säcken, in ihren geringelten Wollstrumpfhosen – Susanne war einmal ein Hippie gewesen und hatte dieses Kleid getragen! Wie war es sonst in den Schuppen gekommen?

Elena stand auf dem Badvorleger und ließ die nassen Arme hängen. Sie hatte keine Entschuldigung, sie hatte das Kleid einfach an sich genommen, sie hatte den Staub aus dem Stoff gewaschen und damit auch die Vergangenheit. Was würde Susanne wütend werden! Sie würde das Kleid sofort an sich reißen. Angespannt lauschte Elena, ob dieses Unheil bereits nahte.

Das Haus kam ihr ruhiger vor als sonst, als braute sich etwas darin zusammen. Stand Susanne schon vor der Tür und durchbohrte das Holz mit den Augen?

Elena wrang das Kleid kräftig aus, dann legte sie ein Handtuch darüber. Vorsichtig öffnete sie die Tür und tappte leise über die Fliesen.

Niemand war im Gang oder in der Küche. Auch im Wohnzimmer keine Spur. Vielleicht war Susanne auf dem Balkon.

Dort war sie nicht, dafür standen drei Schalen aus rohem Ton auf Zeitungspapier. Auf den Farbtöpfen daneben hatte sich eine Haut gebildet. Eine der Schalen war schon bemalt, mit blauen Strichen, bis zur Hälfte. Der Pinsel klebte in einer Lache.

Elena blickte fasziniert auf diese Szene der Nachlässigkeit. Wäre ihr selbst so etwas passiert, wäre es ein Verbrechen gewesen. War Susanne sonst auch schlampig, bei den Schüsseln war sie genau. Warum waren die Gläser dann offen und die Farben trockneten ein? Als hätte Susanne von einer Sekunde auf die andere alles stehen und liegen lassen.

Elena widerstand dem Gedanken, sich der Unordnung anzunehmen. Das hier war Susannes Sache. Niemand hatte sie gesehen.

Leise schlich sie zurück ins Bad, um die Wanne auszuspülen. Bald hing das Kleid an der Wäscheleine und trocknete langsam in der Sonne.

10

Das Bauernhaus ist Hajos Traum gewesen: ein alter Hof am Wiesenrand, den er renovieren würde. Etwas aufbauen, ein Heim. Eine Heimat für seine Familie. Ein Haus, das sich von oben bis unten mit Schritten und Lachen füllen sollte.

Hajo war ein Flüchtlingskind, er hat sich wohl danach gesehnt, einen festen Ort zu haben. Keine Ahnung, wie er ausgerechnet an den Rand von Altenbach kam.

Das Haus stand bereits länger leer. Scheiben waren eingeschlagen, Fensterkreuze ausgebrochen. Über der wilden Wiese draußen lag das Gras wie langes Haar. Drinnen warteten noch ein paar Möbel, ein paar Schränke, eine Truhe, als ob die früheren Eigentümer auch diesen Ballast hatten abwerfen wollen.

Wie hat Hajo sie geliebt: diese dicken Backsteinmauern mit den engen Sprossenfenstern und dem Putz wie Gänsehaut. Bestimmt hat er sorgsam die Balken geprüft. Er wusste genau, welche wichtig waren, um das Giebeldach zu tragen; lieber ersetzte er einen mehr, damit sie möglichst lange hielten.

Hajo hat neue Läden geschreinert. Dann hat er den Efeu abgeschnitten, der schon den Balkon erreichte und die schmalen Fensterlöcher mit einem Vorhang aus Blättern verhüllte. Er kalkte die Wände und beizte die Türen, und bei alldem half ihm Susanne, schwang den Spachtel und schleppte Sand.

Ich liebe ihr großes leuchtendes Lächeln auf den Fotos aus diesen Tagen. Es ist so gelöst wie alles an ihr, ihr langes Haar, das ihr ins Gesicht, Hajos Jacke, die um sie herum fliegt. Drahtig beugt sie sich über die Säge, die Späne sprühen wie feurige Funken. Wenn sie den Pinsel hebt, spritzen die Farben und werden in ihrem Gesicht zu Sternen.

Bald ist auch ein Elfchen dabei, das Susanne hinterhertanzt. Auf den Bildern versinken seine Beine fast in den gelben Gummistiefeln. Tapfer schleift es ein einziges Brett über den Lehmboden hinter sich her, emsig sammelt es Schrauben und Nägel. Während Susanne sich zu ihm beugt, scheint ihre ganze Gestalt zu strahlen.

Es ist nicht das Kind von damals. Dieses Kind hat sie verloren. Vielleicht war auch das ein Grund dafür, dass sie keinen Abschluss gemacht hat.

Susanne hatte nie einen Plan. Sie nahm die Dinge einfach an, die Hajo für sie beide ersann. Sie hatte sich vorher treiben lassen, mit ihm zusammen trieb sie weiter.

Als das Bauernhaus fertig war, begann Susanne mit dem Töpfern. Sie richtete sich ihre Werkstatt in der alten Scheune ein. Bald hatte sie eine Töpferscheibe, eine Bank mit Kratzgeräten, ein paar Borde und Regale, auf denen sie ihre Werke aufreihte.

Ich sehe noch, wie sie den Klumpen aus Ton kraftvoll auf die Scheibe klatscht. Sie tritt mit Wucht in die Pedale, immer schneller surrt das Rad. Unter ihren warmen Händen dreht sich eine feuchte Säule, wächst nach oben, wächst und dreht sich, und Susanne summt vor sich hin.

Die Säule wurde zu Tellern, zu Schüsseln, manchmal auch zu Blumenvasen, sogar eine Zuckerdose mit Deckel hat Susanne einmal versucht. Jedes dieser Stücke schmückte eine tönerne Figur, und für diese kleinen Männchen brauchte Susanne besonders lange.

Manche hatten Stachelhaare, die zu allen Seiten standen, andere Korkenzieherlocken oder Zöpfe aus drei Würsten. Manche hielten Tassenhenkel oder tanzten auf den Rändern, eine rollte sich sogar auf einem Schüsselboden ein, als ob sie dort, bedeckt von Suppe, ein kurzes Schläfchen halten wollte. Die fertigen Stücke gab Susanne einer ihrer wenigen Bekannten, die einen Geschenkeladen hatte und auf Kunsthandwerksmärkten verkaufte.

Viel Geld bekam sie nicht dafür, trotzdem sah sie es als Verdienst an. Deshalb hielt Susanne sich auch überhaupt nicht für eine Hausfrau. Sie griff erst dann zu einem Besen, wenn die Wollmäuse aus den Ecken krochen, sie kippte Putzwasser auf die Fliesen und ließ es einfach wieder trocknen. Manchmal wischte sie im Vorbeigehen über eines der Regale. Das dreckige Geschirr blieb oft länger stehen. Auch die Wäsche ließ sie liegen.

Hajo störte das nicht weiter. Er war mit dem Kopf sowieso woanders, seit er das Geschäft ausbaute. Er suchte weitere Bauernhöfe, die er renovieren konnte, er zeichnete Pläne, beauftragte Firmen.

Irgendwann war Altenbach dann aber mit Geschirr versorgt, und Susanne begann sich umzusehen. Sie trat in den Chor ein und wieder aus, schloss sich einer Wandergruppe an. Auf den Kurs für Italienisch folgten Spanisch und Kräuterkunde.

Aber nichts davon gefiel ihr. Susanne sang seltener beim Drehen, und die fertigen Figuren standen länger im Regal. Ihre Kleider wurden weiter, und ihre frühere Leichtigkeit verwandelte sich in Behäbigkeit.

Ich erinnere mich, wie sie sich dagegen wehrte, wie sie

versuchte, aufzubegehren. Es war eines Morgens nach dem Frühstück. Die Müslischüsseln waren schon leer, Hajo trank seinen zweiten Kaffee, bevor er in sein Büro verschwand. Elena rührte in ihrem Kakao, sie trödelte immer vor der Schule.

Susanne stand mitten in der Küche, die Hände vor dem Bauch verschränkt.

»Ich mach Kunst«, sagte Susanne, und dann noch ein zweites Mal, als wollte sie sich vergewissern: »Kunst. Ich mach ab heute Kunst.«

Ihr Satz hallte auf den Küchenfliesen, die nach einem Schrubber schrien, er sprang von den Tassen ab, die noch in der Spüle standen. Ein leises Sirren ging durch die Teller, die auf dem Sims darauf warteten, in den Schrank geräumt zu werden.

»Ich mach Kunst«, sagte sie noch einmal, jetzt schon leiser, wie ein Mantra.

Hajo sah von seinem Kaffee auf.

»Kannst du machen«, sagte er.

Dann blätterte er die Zeitung um. Er war nie aus der Ruhe zu bringen.

»Ich meine – keine Schalen mehr, keine Vasen, keine Schüsseln! Nur noch die Figur. Alleine! Lebensgroß. Wie eine Skulptur.«

Susanne brachte sich in Position, als wäre sie selbst die Tonfigur. Sie gestikulierte mit beiden Händen, während sie ihre Idee ausführte: »Sie könnte ihre Arme heben – so –, als ob sie tanzen möchte, oder auch nur einen Arm, vielleicht steht sie sogar auf den Zehen –«

Es sah schon etwas komisch aus, wie sie diese Gesten machte. Susanne glich so gar nicht mehr der Ballerina, die sie beschrieb. Sie war kurzatmig geworden, ihre Arme waren füllig, und als sie sie nach oben reckte, wirkte es wie schweres Heben.

»Wirst du lange brennen müssen«, murmelte Hajo.

Er sah kaum auf. Wenn er las, ließ er sich nicht stören.

»Hält sonst in der Größe nicht.«

Susanne ignorierte den Einwand. Sie hatte bereits angefangen, weißes Papier auf dem Tisch auszulegen. Es waren Hajos Skizzenblätter, auf denen er seine Ideen festhielt.

Die Schultern vor dem weißen Bogen, konzentriert gekrümmt der Rücken, ihre Haare, hochgesteckt, fielen aus der Silberspange. Sie hielt den Radiergummi zwischen den Lippen, während sie anfing zu skizzieren, die Schwünge wurden größer und größer, immer weiter holte ihr Arm dabei aus.

Der Bleistift schwang über das Papier, die Mine begann bereits zu tanzen, ein Eiskunstläufer, der seine Kreise auf dem noch unberührten Eis zog. Die Tassen fingen an zu singen, Radiergummibrösel flogen herum, von Susanne emporgepustet. Der ganze Raum schien zu vibrieren.

Nachmittags nach der Schule aber war von dem Aufbruch nichts mehr zu spüren. In der Küche stand die Luft. Ab und zu fiel ein Wassertropfen aus dem Hahn in eine Lache.

Die Bögen lagen noch auf dem Tisch, doch darauf war nicht viel zu erkennen. Statt einer Tänzerin nur ein Schemen, der sich verhedderte, verschwamm, bevor er Gestalt annehmen konnte. Seine anskizzierten Arme ruderten um die Balance. Sechs oder sieben hatte er, die in alle Richtungen wiesen, als ob er sich nicht sicher wäre, wohin er sich wenden sollte.

Ich stelle mir vor, dass Susanne trotzdem noch zum Baumarkt gefahren ist, um das Material zu kaufen. So ein

Tonblock ist zu schwer, als dass sie ihn selbst hätte heben können. Aber an den guten Tagen kam ihr immer jemand zu Hilfe, einer der Männer aus dem Baumarkt, die fast ihre Söhne hätten sein können. Dann glänzten ihre Augen wieder, und Susanne flirtete ein bisschen. An den guten Tagen vergaß sie, wie alt und dick sie sich nun fühlte.

Doch jener Tag ist kein guter Tag. Ihre Augen blicken fahrig. Verzweifelt wartet sie in der Ecke, bis ihr jemand den Ton abschneidet. Ein älterer Mitarbeiter erbarmt sich und schiebt ihr schließlich den Einkauf zum Wagen.

Susanne bleibt noch im Auto sitzen. Sie hört Janis Joplin zu, die im Radio vor sich hin röhrt, Janis, ihrer Jugendfreundin, die es damals schon gewusst hat: dass es wenig bringt, alt zu werden. Irgendwann werden die Tage gleicher und beginnen schal zu schmecken. Susanne nimmt ihre Sonnenbrille und schiebt sie über die müden Augen.

Als sie in die Einfahrt rollt, wartet Hajo schon auf sie. Jetzt steht sie tatenlos neben ihm, während er den Tonblock mustert. Er drückt die Masse mit beiden Daumen – als hätte sie nicht selbst geprüft, ob sie genügend Feuchtigkeit hat! Dann hievt er sich den Ton auf den Rücken.

Gekränkt verschränkt Susanne die Arme.

Irgendetwas muss dann passiert sein, was ihr den Rest gegeben hat. Vielleicht ein achtloser Satz von Hajo, als er den Ton in die Werkstatt bringt.

»Wo willst du das Ding denn haben«, sagt er, »vorne auf der Arbeitsfläche?«

Und als sie nicht sofort darauf eingeht, fügt er aufmunternd hinzu: »Hast ja jetzt genug Zeit für dein Hobby.«

So ungefähr ist er wohl gewesen, der Moment, in dem Susanne aufgab. In dem sie allen Mut verlor, noch einmal etwas bewegen zu können.

Susanne lässt die Arme sinken.
»In die Ecke«, sagt sie nur.
Und während Hajo verwundert aufsieht, dreht sie sich um und geht hinaus.

Ich verstehe noch nicht ganz, was es mit diesem Haus auf sich hat.«

»Bitte?«

»Dieses Bauernhaus. So, wie Sie es gerade schildern, haben Ihre Eltern damals einiges hineingesteckt. Und jetzt wohnen sie nicht mehr dort?«

Der Tee in meiner Tasse ist kalt. Ich habe wohl weiter ausgeholt, als ich ursprünglich vorgehabt hatte. Die Digitaluhr neben der Vase – nicht dominant, aber trotzdem sichtbar – zeigt schon zwanzig Minuten nach fünf. Ich habe die Sitzung überzogen.

Das ist mir noch nie passiert. Zwar habe ich mir im Laufe der Stunden abgewöhnt, alle fünf Minuten in Richtung des kleinen Weckers zu schielen, aber die Sätze kamen oft stockend.

Der Therapeut nickt mir aufmunternd zu. Er trägt heute einen Wollpullover, graues Garn mit farbigen Sprengseln, gelb und grün und violett. Er sieht aus, als sei er selbst gestrickt.

Von seiner Frau, vielleicht – hat er eine? Wartet sie zu Hause auf ihn? Einen Ehering trägt er nicht, aber das hat ja nichts zu bedeuten.

»Das Bauernhaus war Hajos Traum. Und dieser Traum ist aufgegangen. Es ist das schönste Zuhause gewesen, das ich mir überhaupt vorstellen kann.«

Nicht schön im Sinne von ästhetisch, das ist es beileibe nicht gewesen. Die Seidentücher und Bauernschränke haben sich auch dort gemischt. Das Tongeschirr, noch unglasiert, das über die Borde zum Trocknen verteilt war. Die wenigen zerfledderten Bücher. Die bunten Poster aus Indien.

Es war ein einziges Kuddelmuddel. Aber ins Bauernhaus hat das gepasst. Alles konnte sich dort frei entfalten. Man musste sich keine Sorgen machen, eine Ordnung zu zerstören, wenn man noch etwas danebenknüllte oder Dinge liegen ließ.

»Man konnte sich ausbreiten, wie man wollte«, versuche ich es ihm zu erklären. »Die Mauern sind irgendwie noch gewachsen. Man selbst war so lebendig darin.«

Das habe ich nirgendwo mehr so empfunden, weder in dem Haus in der Siedlung noch in meinen Wohnungen. Unordnung führt jetzt dazu, dass ich mich unbehaglich fühle. Ich räume auf, ich will das Chaos um mich herum unter Kontrolle bringen.

Und wohin hat mich das gebracht? In mein leeres Apartment in Frankfurt. Dort gibt es nichts mehr, was im Weg liegen könnte. Auch nichts, was alt ist und übrig geblieben, nichts, was leise einstauben könnte. Nur leere, glatte Oberflächen, leicht mit dem Schwamm zu reinigen.

»Ich würde so gern zurückkehren können! Wissen Sie, wenn es das Haus noch gäbe, ich meine, wenn es noch unseres wäre – es wäre gar kein Problem gewesen, Susanne und Hajo zu besuchen.«

Ich wäre einfach nach Hause gekommen, alle Jahre an Weihnachten wieder. Zwischendurch auch, ganz bestimmt – ich wäre nie so lang weggeblieben.

»Häuser«, sagt der Therapeut. »Sie können ziemlich belastend sein. Man baut so viele Wünsche hinein.«

Und mit diesem Satz steht er auf.

»Genug für heute, Frau Forster?«, fragt er.

Ich nicke und bleibe trotzdem sitzen. Ich sehe zu, wie er die Tassen abräumt, bedächtig einen Zeigefinger zwischen beide

Henkel klemmt, um mit seiner anderen Hand noch den Zucker greifen zu können.

Mir ist noch ein anderes Haus eingefallen. Ein Bonner Stadthaus, gut erhalten, das seine frisch verputzte Fassade in eine Reihe weiterer zwängt. Weiß glänzt sie in der Nachmittagssonne, von Rhododendren eingerahmt, mit Blüten wie aus Stuck gefertigt, die sich in den Fenstern spiegeln.

Es ist Susannes Elternhaus, das sie früh verlassen hat. Vielleicht mit fünfzehn, vielleicht mit siebzehn, ihre Angaben schwanken da. Sicher lässt sich einzig sagen: Sie hat es dort nicht ausgehalten.

11

»Ich dachte, ich käme nie wieder hierher«, sagte Susanne, als alle verlegen vor dem Garten der Villa standen. Das war ein paar Jahre vor jenem Sommer. Die Autofahrt war lang gewesen.

Steinfliesen führten über den Rasen zur Treppe vor dem Hauseingang. Während Hajo und Elena sich noch um die Rhododendren drückten, nahm Susanne die Stufen mit Anlauf. Sie schnaufte, dann presste sie den Daumen auf die kleine Messingklingel. Sofort öffnete sich die Tür.

Obwohl sie die Haare blondierte und kleiner und gleichzeitig schlanker war, obwohl sie eine Bluse trug, weiß und mit kleinen Perlmuttperlen, sah Hilde Susanne irgendwie ähnlich. Vielleicht lag es an den Augen. Susanne zuckte kurz zusammen.

Die beiden hatten sich lang nicht gesehen. Ich weiß gar nicht, ob überhaupt, seit Susanne weggerannt war. Wenn man nach ihrer Familie fragte, bekam man statt einer Antwort nur Schnauben.

Nun aber waren die Eltern gestorben, und nur noch ihre Schwester war übrig. Sie hatte Susanne eingeladen, ins Elternhaus, das sie jetzt bewohnte: Sei es nicht an der Zeit, sich auszusprechen? Susanne hatte mit sich gerungen.

Für einen Moment sah sie Hilde an, die ihr vorsichtig lächelnd die Hand hinstreckte, dann drängte sie an ihr vorbei. Sie ignorierte den Fußabstreifer und stand schon in der hohen Halle, mit feuchten Sohlen auf dem Parkett, das sicher frisch gewischt worden war. Sie ging von einem Raum in den nächsten, bevor Hilde noch hinterherkommen konnte.

Im Wohnzimmer sah sie sich um: »Aha!« Sie warf einen langen Blick in die Küche, dort sagte sie noch mal: »Aha! Aha!« So laut, dass alle es hören mussten.

»Wir haben renoviert«, sagte Hilde.

»Das seh ich«, sagte Susanne scharf. In ihrem langen Flatterrock wirkte sie wie eine Landstreicherin zwischen dem Stuck und den glänzenden Möbeln.

Hajo stand noch an der Garderobe und spielte verlegen mit den Knöpfen seines alten karierten Sakkos. Es schien, als wäre er am liebsten mit den dort hängenden Mänteln verschmolzen, um sich unter ihrem Schirm ungestört ein Bild zu machen. Elena hingegen folgte Susanne, allerdings mit etwas Abstand. Sie hatte sich extra vorgenommen, besonders ordentlich zu erscheinen, und sogar ihren Pullover gebügelt.

»War gar nicht so leicht mit den Tapeten«, sagte Dieter, Hildes Mann, der dazugekommen war. »Die Handwerker haben geflucht: Der Klebstoff! Das muss ein Zeug gewesen sein. Aber dieses unruhige Muster konnte man ja nicht um sich haben. Du hast das nie gesehen, oder, Hajo? Das ganze Wohnzimmer voll davon!«

Er besaß diese volle, dröhnende Stimme, die man für eine Villa braucht. Vielleicht hatte er sie im OP geschult – er war Chirurg am Stadtkrankenhaus, wie Hilde später stolz erklärte, und gerade befördert worden.

»Den Durchbruch hier haben wir gemacht. Wir dachten, so kriegen wir mehr Licht. Und wer braucht schon ein Esszimmer heutzutage, das ist doch völlig aus der Mode.«

Der Tisch war bereits mit Sorgfalt gedeckt, zwei Gläser

standen an jedem Platz. Weiße Stoffservietten steckten in silbernen Serviettenringen. Auf den Simsen darum herum drängten sich Porzellanfiguren. Aus einem schwarzen Rahmen starrte mit schiefem Blick eine Picasso-Replik.

Schwer lag das Silberbesteck in der Hand, lange Zinken, wuchtige Stiele, die feinen Kratzer des Alters hatte die Politur nicht entfernen können. Geschickt spießte Hilde ihre Gabel in eine der kleinen Silberzwiebeln.

»Elena, darf ich dir vielleicht die Butterdose noch einmal reichen? Oder hättest du lieber Leberwurst? Ich weiß ja nicht, was die Jugend so mag – ich habe einfach eingekauft.«

Elena nahm nie Butter aufs Brot, aber das traute sie sich nicht zu sagen. Sie nahm das Schälchen, das Hilde ihr hinhielt, und kratzte etwas Fett daraus.

Susanne stocherte im Salat. Ihr Blick irrte weiter durch den Raum. Er blieb an der Efeuborte hängen, die über alle Wände rankte. Es war der Rest der alten Tapete, den die Handwerker stehen gelassen hatten.

»Wenn ich daran denke«, sagte Susanne, »wie wir hier in Sonntagskleidern saßen, in diesen weißen Puffärmel-Dingern, stundenlang, ohne uns rühren zu dürfen! Mutti hat uns die Schürzen geschnürt, bis sie uns fast den Bauch eindrückten. Und was hat meine Kopfhaut gezogen, weil die Zöpfe so fest geflochten waren!«

Sie hielt inne und fuhr sich durch das Haar, als müsste sie sich vergewissern, dass es frei auf ihren Schultern lag. Es war gerade frisch gefärbt und glänzte intensiv vom Henna.

»Und weißt du noch, wie wir sagen mussten, dass wir schon sehr gut gegessen hatten, wenn es Sahnetorte gab? Hach, was für wohlerzogene Kinder! Nur ein Keks für jedes von ihnen, während sich die feinen Herren die Torte in den Rachen schoben. Jedes Mal habe ich gehofft, dass noch etwas übrig bleibt. Und jedes Mal hat Mutti den Rest für diesen Herrn Kühne eingepackt, weil der keine Frau zu Hause hatte, die für ihn hätte kochen können. Er hat sie ja auch angegrapscht, wenn sie neben ihm stand, um ihm einzuschenken. Und Vati hat immer weggeschaut, weil Herr Kühne sein wichtigster Kunde war.«

Hilde wand sich auf ihrem Stuhl. Kurz schien auch sie wie das kleine Mädchen, das am liebsten die Tafel verlassen würde, um zum Spielen raus in den Garten zu laufen. Doch dann strich sie nur ihre Serviette glatt.

»Ich bin jünger als du«, sagte sie. »Ich kann mich kaum daran erinnern.«

Dieter griff nach der dunklen Flasche, die in der Mitte des Tisches stand.

»Der Wein ist aus der Gegend hier. Ich darf dir doch welchen nachschenken, Hajo?«

Hajo war noch wortkarger als sonst. Wahrscheinlich genierte er sich für Susanne. Gleichzeitig widerstrebte es ihm, Partei gegen sie zu ergreifen.

Dieter prostete in die Runde.

»Auf euch! Darauf, dass ihr endlich da seid!«

Susanne starrte vor sich hin, als hätte sie ihn nicht gehört.

Dann hob sie ihr Glas: »Auf Mutti und Vati! Die uns jetzt nicht mehr auseinanderbringen!«

Verlegen kratzte Hilde am Tischtuch.

»Jetzt lass es doch gut sein«, murmelte sie.

Dieters Bass durchbrach die Stille.

»Man kann doch nicht sagen, dass alles schlecht war. Ich kannte sie nun ja auch ganz gut. Und wenn man bedenkt, was sie aufgebaut haben –«

»O ja, da haben sie was geschafft!« Susanne schnaubte durch die Nase. »Immer schön den Hitlergruß machen, nicht dass der Firma was passiert! Wer weiß, ob sie all ihre Schrauben und Nägel überhaupt losgeworden wären, wenn der Krieg nicht gewesen wäre.«

»Dein Vater war einfach ein guter Geschäftsmann.« So leicht ließ Dieter sich nicht beirren.

»Der damals die Zeichen der Zeit erkannt hat und wusste, mit wem er verhandelte! Genau solche Typen waren es doch, die das System getragen haben!«

»Als wärst du dabei gewesen, Susanne!«

Hildes Nasenflügel bebten unter der samtigen Puderschicht.

»Wieso hätte ich dabei sein müssen? Die Typen, die zu seinem Geburtstag kamen, das waren doch noch dieselben wie damals! Die hatten doch ihre Schulterklappen nur gegen den blauen Anzug getauscht! ›Guten Tag – Heil, Herr Fabrikdirektor, darf man ja nicht mehr so offen sagen –, es tut uns leid, dass sich Ihre Tochter so flegelhaft benommen hat –‹«

»Weißt du, wie du ausgesehen hast mit deinen zerrupften Fransen am Kopf?« Nun war auch Hilde lauter geworden. »Nicht mal beim Friseur bist du gewesen, einfach nur die Zöpfe ab! Und diese schwarzen Augenränder – kein Wunder, dass Vati ausgeflippt ist. Es war doch sein Fünfzigster!«

Hajo zog die Brauen hoch. Susanne hatte nie erzählt, warum sie weggelaufen war, und er hatte sich nicht zu fragen getraut. Auf Elena, die wie vom Blitz getroffen auf Susanne und ihre Tante starrte, achtete währenddessen niemand.

Hilde sah mit flehendem Blick in die Runde.

»Ich meine, der Saal war schon geschmückt, auf allen Tischen weiße Rosen. Da kommt Susanne, in diesem Aufzug, wie der allerletzte Gammler. So stellt sie sich vor Herrn Kühne hin und spuckt genau vor seine Füße. Dem besten Geschäftspartner unseres Vaters. Da musste Vati doch sauer werden.«

»Und einfach seine Tochter rausschmeißen!«

Susanne schrie die Worte fast.

»Er hat dich tatsächlich rausgeworfen?« Zum ersten Mal mischte Hajo sich ein.

»Er hat nur gesagt, dass sie gehen soll! Das ist doch vollkommen verständlich!«

»Vollkommen verständlich, ja? Weißt du, was ich mir anhören musste?«

»Aber da muss man doch nicht gleich ganz weglaufen! Wie kann man nur so störrisch sein?«

Susannes Hand krallte sich um die Gabel.

»Störrisch nennst du das«, flüsterte sie.

»Ja, so habe ich es empfunden.«

»Vielleicht hatte ich ja meine Gründe?«

Hilde schüttelte nur den Kopf.

»Mutti hat bis zuletzt gelitten, weil du ihr nicht verziehen hast. Jeden Sonntag war ich bei ihr, seit Vati von uns gegangen ist. Jedes Mal hat sie nach dir gefragt. Und ich konnte ihr nichts sagen. Sie hat immer noch Torte gebacken, bis sie nicht mehr stehen konnte. Dann hat der Bäcker welche gebracht. Ich habe getan, als wäre es ihre.«

»Wie typisch«, sagte Susanne nur.

»Ich habe dich damals angerufen, als sie schon im Sterben lag!« Hildes Stimme kippte fast. »Ich war schon am Heulen. Aber du? Du hast einfach gesagt: ›Na und?‹ – ›Na und?‹ Mehr hast du nicht gesagt! Das kann ich einfach nicht vergessen. Sie hat bis ganz zum Schluss gewartet. Aber du bist nicht gekommen.«

Ihre Vergissmeinnichtaugen blickten, als hätte Susanne sie geschlagen. Sie rieb sich die Nase mit der Serviette, bis sie bemerkte, was sie da tat.

Über dem Tisch lag eine Stille, in der man das feine Sirren hörte, das von den Fäden der Glühbirnen kam, die in dem gläsernen Kronleuchter steckten. Ihr Lichtschein schien nervös zu flackern, als sei der Wind draußen stärker geworden und brächte die Flammen in ihnen zum Tanzen.

Susanne war in ihren Stuhl gesunken. Ihr von der Fahrt zerknittertes Blüschen mit der bunten Stickerei war über ihrer Schulter verrutscht und ließ sie noch derangierter aussehen. Gleichzeitig wirkte sie plötzlich so jung mit ihren rot erhitzten Wangen, jünger als Hilde mit ihrem Make-up und dem steifen Blusenkragen.

Ein leises »Hicks!« durchbrach die Stille – Elena hatte Schluckauf bekommen. Sie schlug sich mit der Hand auf den Mund.

Da war Hilde auch schon aufgestanden.

»Wir haben den Nachtisch ganz vergessen!«

Ihre Stimme war wieder klar, sie hatte die Fassung zurückgewonnen.

12

Ich schloss die Zimmertür hinter mir.

Bloß nicht lang erklären müssen, was mich aufgehalten hatte, bloß nicht Nadeln fegen helfen oder was hier sonst noch anstand. Ich musste dringend an den Schreibtisch!

Brummend fuhr mein Laptop hoch. Eine Folie nach der anderen poppte auf dem Bildschirm auf, meine Fingerkuppen zuckten auf der flachen Tastatur.

Plötzlich bekam ich Magenkrämpfe.

Da war noch einiges zu tun. Die Anschlüsse waren noch nicht stimmig, die Frage nach den Synergien fehlte. Der Ablauf funktionierte so nicht. Ich würde kräftig nachbessern müssen.

Die meisten Menschen unterschätzen, wie aufwendig so eine Präsentation ist. Wenn sie erst von der Leinwand leuchtet, sieht man die Arbeit, die darin steckt, nicht mehr: All das Gliedern und Strukturieren, all das Feilen an Details – Tage, Wochen kann das dauern, erst die Zahlen einzusammeln, dann die Hälfte wegzuwerfen, schließlich die Folien anzuordnen.

Ein bisschen ist das wie Erzählen. Man braucht einen haltbaren Spannungsbogen, der einen durch den Vortrag trägt, und einen starken Höhepunkt. Schließlich noch ein glückliches Ende – das ist es, worauf die Kunden warten: eine Lösung für alle Probleme, die sie wieder ruhig schlafen lässt.

Was vor mir über den Bildschirm glitt, hatte noch wenig von alldem. Die eine Folie kam viel zu früh, die andere stand zu weit hinten, die nächste flog am besten raus, die doppelte sich mit der ersten.

Wie sollte ich das bis Neujahr schaffen?

Unter mir ein lautes Poltern. Wahrscheinlich waren Susanne und Hajo dabei, den Weihnachtsbaum aufzustellen. Die Halterung, mit der sie hantierten, war eine Eigenkonstruktion.

Früher hatten wir an Weihnachten manchmal überhaupt keinen Baum. Hajo hängte dann Lametta an die einzige Zimmerpalme, die noch nicht eingegangen war, Susanne setzte Souvenirs aus den Regalen in die Zweige. Dazu gab es indisches Curry, was damals noch ziemlich exotisch war, und Musik von den alten Platten, bis wir schließlich müde waren.

Eigentlich war das sehr schön. Beide wirkten so gelöst. Gleichzeitig war ich ein bisschen neidisch auf die Krippen, Kugeln, Plätzchen, die normale Kinder hatten. Sollte das Fest nicht eigentlich so sein? Und wenn ja, was hatten wir dann?

Vor meinen Augen verschwammen die Zahlen. Das lag wohl an dem schwachen Licht dieser Energiesparbirnen, die Susanne und Hajo jetzt in jede verfügbare Fassung schraubten. Wahrscheinlich kam daher auch das Surren. Oder war das mein Computer? Es klang wie ein wütendes Insekt, das in einem Kasten steckte und erbost die Wände anflog.

Ich schloss die Augen und versuchte, mit den Augäpfeln große Kreise zu malen. Einer dieser Entspannungstipps, die bei mir allerdings wenig helfen.

Was würde wohl im »Beach« gespielt? Das Revival

meiner Jugend oder einfach schlechter Hip-Hop? Wie sah der Club inzwischen aus? Ich war ewig nicht mehr dort gewesen.

Früher waren die Wände metallisch gestrichen, in glänzenden Blau- und Silbertönen, und die Strahler in den Ecken malten kleine Wellenkronen. Ob die kleine Bar noch immer unter ihrem Strohdach stand? Der Tresen war mir damals ja ganz besonders hoch vorgekommen. Man musste sich selbst auf Absätzen strecken, um einen Cocktail zu bestellen, und der Barkeeper sah einen an, als sei man noch viel zu jung dafür.

Über die Folien hatte sich inzwischen der Bildschirmschoner geschoben. Palmen, Sonnenuntergänge. Wo auch immer die herkamen.

Vielleicht sollte ich einfach hingehen. Nur auf einen »Surfer Boy«, falls der noch auf der Karte stand. Ich konnte ja sehen, ob Moritz da war, wie er es versprochen hatte.

Obwohl das Top in meinem Koffer eigentlich viel zu schick dafür war. Seide mit einem Schal um den Hals – so was passte nicht ins »Beach«, ebenso wenig wie meine Stiefel, die mir bis zu den Knien reichten.

Und wenn schon! Ich hätte endlich ein Date. Das hatte ich lange nicht mehr gehabt. Gleichzeitig wäre es einfacher, als mich mit einem Fremden zu treffen.

Ich müsste gar nicht erst lange grübeln, was Moritz für ein Mensch sein könnte. Niemand wurde schlau aus ihm, warum sich also den Kopf zerbrechen. Ich müsste mir keine Gedanken machen, was seine Gesten bedeuteten oder was er damit meinte, wenn er mir die Tür aufhielt.

Ich müsste auch keine Angst davor haben, dass er mich enttäuschen könnte. Das hatte Moritz längst getan. Auf einmal fand ich das befreiend.

Moritz würde nicht einmal versuchen, mir zur Begrüßung die Wangen zu küssen. Er würde einfach schweigend nicken, während ich mich zu ihm setzte. Wir würden auch gar nicht reden müssen. Inzwischen war es egal, was passiert war. Einfach nur den Curaçao durch den gelben Strohhalm saugen und den schlechten Liedern lauschen, die im »Beach« aus den Boxen dröhnten.

Trotzdem begann ich mir vorzustellen, wie der DJ ins Mikro röhrt, »Jetzt wird es weihnachtlich romantisch!«, und wie wir von den Hockern gleiten.

Moritz' Hand an meiner Hüfte, meine Arme um seinen Hals. Sein Pferdeschwanz unter meinen Fingern. Wie alt das Haargummi wohl ist? Er mag es nicht, wenn man ihn ansieht, aber ich spüre seinen Atem, der nach Zigaretten riecht und damit nach alten Zeiten. Sonst finde ich das inzwischen eklig, doch nun fragte ich mich plötzlich, ob seine breite, fleischige Zunge noch immer so salzig schmeckte.

Über uns eine Diskokugel, die sich an der Decke dreht. Funken fallen über die Wände. Ich würde dabei nicht an Sterne denken! Aus diesem Alter war ich raus. Stattdessen fiel mir jetzt Christoph ein, obwohl er früher nie im »Beach« war.

Er ist einer von denen gewesen, die Diskos aus Prinzip ablehnten. Das Herumgestehe nerve, hatte er, glaube ich, einmal gesagt. Ich fand das damals ziemlich bescheuert. Und gleichzeitig imponierte es mir.

Christoph hatte in meinem Traum nichts zu suchen! Moritz soll mich endlich küssen. Seine Hände gleiten weiter von meiner Taille auf die Hüften. Natürlich spielt der DJ ein Lied, das ich noch von früher kenne. Lass uns einfach weitertrinken, nicht, dass dieser Zauber abreißt!

Später stolpern wir nach draußen. Moritz lässt den Motor an, und ich denke nicht daran, dass er ja getrunken hat und dass es noch nie eine gute Idee gewesen ist, sich von Moritz fahren zu lassen.

Irgendwann an diesem Abend habe ich kein Top mehr an und auch keine Stiefel mehr. Und ich habe nichts dagegen. Diesmal bin ich alt genug.

13

Der See war schon im Juni so warm, dass man darin schwimmen konnte.

Dichte Bäume säumten ihn. Im Herbst fielen die Blätter ins Wasser und sanken hinab bis auf den Grund, wo sie langsam zu Moder wurden. Wenn man mit den Füßen hineintrat, sah man kaum die eigenen Zehen, so tief war der Schlamm am Boden.

Elena störte sich nicht daran. Um sie herum wirbelten braune Wolken, während sie durchs Wasser ging, das ihr bis zur Wade reichte. Sie war ihre übliche Runde geschwommen, einmal bis zum Floß und zurück.

Elena zuckte kurz zusammen, als sie unter ihrem Ballen eine scharfe Kante spürte. Sie hob den Fuß, sah auf ihre Sohle, aber da war nur ein leichter Kratzer.

Früher hatte sie die Muscheln gesammelt und sich dabei vorgestellt, sie wären der Schmuck von Wassernixen. Außen waren sie so schmutzig wie der See an Regentagen, innen aber schimmerten sie wie der Himmel im Abendrot.

Doch das war lange vor dem Sommer. Jetzt dachte Elena nicht mehr an Muscheln. Sie dachte an ihren neuen Bikini mit den blauen Brustdreiecken, und ob die nicht zur Seite rutschten, während sie aus dem Wasser stieg. Sie wirkte selbst wie eine Nixe. Aus ihren Haaren troff der See, und für Sekunden hingen die Tropfen wie Glasperlen an ihren Spitzen. Sie kullerten über ihren Rücken und lösten sich in der Sonne auf. Eine Pflanze lag auf ihrer Schulter. Elena pflückte sie mit den Fingern und warf sie in hohem Bogen zurück.

Die Pflanzen waren eine Plage. Hatte die Stadtverwaltung die ersten, die sich zeigten, noch ausreißen lassen, trieben schon die nächsten Blüten auf der grünen Oberfläche. Eltern warnten ihre Kinder, nicht zu weit hinauszuschwimmen, dorthin, wo die Federarme sich um ihre Beine schlangen.

Auch Elena hatte das Kitzeln gespürt, während sie durch das Wasser glitt. Aber es war ihr vorgekommen, als ob die Pflanzen sie mit ihren gefiederten Fingern streichelten.

Es war einer dieser Tage, die man am See verbringen muss, weil man es nirgendwo anders aushält. Die Mütter in den Liegestühlen garten langsam in der Sonne, ihre Arme rot wie Krebsfleisch. Die Väter blieben unter den Schirmen und öffneten mittags das erste Bier, sie klatschten die Spielkarten auf den Boden, und ihre Bäuche wabbelten.

Nur die Kinder waren immun gegen diese Affenhitze. Ihre Frisbeescheiben flogen in hohem Bogen über das Gras, das Kreischen und das laute Lachen störten die trägen Sonnenträume. Wenn sie aus dem Wasser kamen, schüttelten sie sich wie junge Hunde, und die Mütter stöhnten auf, viel zu müde, um zu schimpfen.

Früher, als Elena noch ein Kind war, war auch Susanne noch mitgekommen. Sie hatte die karierte Decke im Schatten eines Baumes ausgebreitet und eine Flasche Apfelsaft aus dem Picknickkorb geholt.

Während Elena schwimmen ging, blieb Susanne am Ufer liegen, eine Zeitschrift neben sich, in der sie allerdings niemals las. Susanne war auf dem Aussichtsposten.

Sie behielt den See im Auge, als ob er die hellen Kinderköpfe, die auf seinen Wellen tanzten, jeden Moment verschlucken könnte. Ganz besonders diesen braunen, der meist so weit vom Ufer wegglitt, dass Susanne bald wieder aufsprang.

»Elena, stopp!«, rief sie. »Elena, stopp!«

Doch der Kopf reagierte nicht.

»Elena, dreh sofort um!«

Diesmal war es ein Befehl. Gellend hallte er über den See. Mehrere Köpfe drehten sich um. Der, dem der Aufschrei galt, als Letzter – er schien keine Eile zu haben.

Elena zog dann einen Bogen und legte sich mit dem Rücken aufs Wasser. Dass Susanne unruhig wurde, reizte sie nur, sich treiben zu lassen. Elena war nicht zu beirren. Was sollte ihr hier auch passieren?

Inzwischen hatte Susanne längst aufgehört, sie zu begleiten. Endlich konnte Elena tun, was sie wollte, auch wenn das gerade nicht viel mehr war, als sich am Kiosk ein Eis zu holen. Während sie darauf wartete, dass Mone endlich auftauchen würde, die geliebte, unzuverlässige Mone, die noch nie pünktlich gewesen war, biss sie in die rote Glasur, die knackte, als wäre sie aus Plastik.

Sahne tropfte auf ihren Schenkel. Elena verrieb sie wie Sonnencreme. Ja, die Strahlen brannten kräftig, doch das kümmerte sie nicht. Den Hautkrebs, vor dem Hajo sie früher regelmäßig gewarnt hatte, kriegte man doch sicher nicht von diesem wunderbaren Sommer.

Langsam schlenderte sie über die Wiese. Federbälle surrten herum, doch sie war immun dagegen. Sie spürte jeden einzelnen Grashalm, auf den ihre bloßen Sohlen traten; die Erde klebte an ihren Füßen, das Bikiniband klatschte auf ihren Rücken.

Eine Wespe umschwirrte sie gierig. Elena wedelte sie beiseite. Fast wäre sie über den Fuß gestolpert, der sich plötzlich in ihren Weg schob.

Wer weiß, was Moritz dazu trieb, sein Bein in dem Moment auszustrecken. Moritz in der Lederjacke, die er trotz der Hitze trug. Die Haare, voll, mit leichten Locken, hingen ihm bis in den Nacken. Er schob eine Strähne aus der Stirn, während er zu Elena hochsah.

Sie kannte ihn vom Sehen, ein bisschen. Er war auf ihrer Schule gewesen und hatte irgendwann abgebrochen. Es hieß, er sei verwiesen worden, aber das konnte auch ein Gerücht sein.

Seine Augen flackerten grau, die Lippen waren aufgeworfen. Sie erinnerten Elena an einen Fisch, der an der Oberfläche nach Luft schnappt.

»Hi«, sagte sie.

Ein Wassertropfen rann ihr übers Schlüsselbein. Sie wischte ihn mit der Hand beiseite, bevor er in den Bikini rollte.

Moritz sah von seinem Bein mit den langen dunklen Haaren auf ihr schmales, glatt rasiertes und dann auf das Stück Glasur, das an ihrer Lippe hing. Schnell schob sie es mit der Zunge von der Lippe in den Mund.

Elena hob ihren Fuß und schickte sich an, über seinen zu steigen. Wenn er sie bloß anglotzen wollte, konnte sie auch einfach gehen.

»Was denn, was denn«, sagte Moritz. »Setz dich doch, was gehst du schon.«

Er rückte ein kleines Stück beiseite und wies mit der Hand neben sich. Als ob dort irgendetwas wäre, worauf sie sich setzen könnte!

Aber was war auch dabei? Sie konnte ja jederzeit wieder

gehen. Elena ließ sich behutsam nieder und zog die Beine zu sich heran.

Als seine braune Lederjacke ihren nackten Arm berührte, hörte sie ein leises Zischen. Doch es war bloß das Feuerzeug, das in seiner Hand aufschnippte. Er zog an seiner Zigarette, dann hielt er auch ihr die Schachtel hin.

»Wenn du die stärkeren Gauloises magst.«

Zögernd griff Elena hinein.

Hajo hatte ihr bis vor Kurzem Bilder aus der Zeitung ausgeschnitten: Raucherbeine und Raucherlungen, wie verkohlte Hähnchenschenkel. Er hatte sie ihr ins Zimmer gelegt.

»Erziehungsmaßnahme«, nannte er das.

Susanne hatte ihn jedes Mal mit funkelnden Augen angesehen: »Als hättest du selber nie geraucht!«

»Ich hab es früh genug aufgegeben.«

»Lass unsere Süße doch auch mal Spaß haben!«

»Was hat das denn mit Spaß zu tun?«

Der Streit war immer derselbe gewesen. Er gipfelte in Hajos Worten: »Du gerätst ja auch nur aus dem Häuschen, weil du selber Angst davor hast, dass es in dir auch so aussieht.«

Elena hatte die Bilder dann meistens heimlich weggeworfen.

Schweigend zog sie am Filterende, sog den Rauch in den Tabak. Scharf biss er in ihre Zunge und vertrieb den Eisgeschmack.

Sie unterdrückte den Hustenreiz.

»Na, was machst du so«, sagte Moritz.

Eine dieser Moritz-Fragen.

Ja, was machte sie eigentlich?

Baden. Eis essen. Klang das nicht kindisch? Am See

liegen und auf Mone warten. Was tat man denn an diesen Tagen, wenn man keine zwölf mehr war?

»Rumhängen«, sagte Elena.

Das hörte sich doch ganz passend an.

»Oder hast du eine bessere Idee?«

Moritz verzog leicht die Lippen, ohne sie sofort zu öffnen.

Er sah Elena an, von oben bis unten, als ob er erst einmal abschätzen müsste, was er ihr verraten konnte.

»Jetzt gerade nicht«, sagte er. »Aber du kannst ja mal abends kommen. Dann ist hier am See was los. Richtig was los, meine ich.«

»Klingt nicht schlecht«, sagte Elena.

Sie kannte noch viel zu wenige Nächte. Eigentlich nur die bei Mone, wo sie den Inhalt der Flaschen probierten, die Mones Mutter im Schrank aufhob, und dann zu erraten versuchten, wer gerade in wen verliebt war. Doch das waren Nächte im Kinderzimmer, man hörte die Grillen nur durchs Fenster und stellte sich vor, was draußen los war. Als ob man sich das vorstellen konnte.

»Klingt wirklich nicht schlecht«, wiederholte sie.

Vielleicht klappte es ja einmal. Sie würde nur eine Ausrede brauchen.

»Der Sommer ist ja noch lang«, sagte Moritz.

Plötzlich musste sie laut lachen. Der Satz klang fürchterlich alt und weise.

Der Rauch stieg in Wolken über die Wiese, sie kamen direkt aus Elenas Brust und ließen sie auf einmal schweben, nur so ein bisschen über den Bäumen.

14

»Fröhliche Weihnachten«, sagte Susanne, als ich schließlich ins Wohnzimmer kam. Ich hatte es nicht mehr ausgehalten, auf den sirrenden Bildschirm zu starren, ohne mich konzentrieren zu können.

Susanne stand auf einem Hocker und beugte sich über die stacheligen Zweige einer ziemlich schiefen Tanne. Ihre Wangen waren rot, der Glasstern in ihrer Hand bebte leise. Doch sie blieb in der Balance. Was Yoga alles bewirken konnte.

»Dieses Ding ist unser Baum?«

Die Zweige standen kreuz und quer, mal dichter, mal weiter auseinander. Susanne hatte bereits versucht, die Löcher mit Lametta zu kaschieren.

»Was kann ich dafür«, sagte sie. »Hajo war mal wieder spät dran.«

Ich lehnte mich an den Ledersessel und sah zu, wie sie den gläsernen Stern an die Spitze des Baumes band. Wieder und wieder schlang sie den Faden zwischen den grünen Nadeln hindurch. Sie zog ihn mit den Fingern fest. Dabei biss sie sich auf die Lippe.

»Was ich dir übrigens«, murmelte sie zwischen geschlossenen Zähnen hindurch. Sie schien es eher dem Stern zu sagen, Zwiesprache mit seinen Zacken zu halten.

»Ja?«, sagte ich.

In diesem Moment glitt die Tannenbaumspitze aus ihrer Hand. Sie schnellte nach oben an die Decke. Wild tanzte der Glasstern hin und her.

Mit raschem Griff hielt Susanne ihn fest, als finge sie einen kleinen Vogel. Sie wartete, bis der Baum sich beruhigte, dann stieg sie leise schnaufend vom Hocker.

»Was wolltest du mir eben sagen?«

Sie beugte sich über den Pappkarton, der vor ihr auf dem Boden stand. Ihr Rücken war rund wie ein Katzenbuckel. Anstatt mir eine Antwort zu geben, nahm sie eine Kugel heraus, bestimmt von einem Kunsthandwerker über der Flamme mundgeblasen.

»Wie? Ach so, nichts. Nichts Besonderes.« Sie sagte es eine Spur zu leichthin. »Aber weißt du, wer neulich hier war? Wetten, dass du es nicht errätst!«

Das war es nicht, was sie sagen wollte. Aber ich musste nicht in sie dringen.

»Keine Ahnung, was weiß denn ich. Irgendwelche Yogafreunde?«

»Mone.«

Der Name traf mich plötzlich, wie ein harter Stoß in den Bauch. Für einen Moment nahm er mir die Luft. Damit hatte ich nicht gerechnet.

Mone mit den dicken Locken, Mone mit der Himmelfahrtsnase. Mone, die immer später kam, als man mit ihr vereinbart hatte. Mone, die sich einfach traute, laut zu sagen, was sie dachte. Mone, allerliebste Mone. Mone, die Verräterin.

»Wollte sie nicht nach Berlin?«

Ein Versuch, sie loszuwerden. Nach Berlin wollte sie, nicht wahr, sich im Gewirr der Hauptstadt verlieren oder in dem ihrer Pinselstriche. Künstlerin wollte Mone werden, Künstlerin in der großen Stadt. Was machte sie in Altenbach?

Susanne griff nach der nächsten Kugel. Sie war bereits in Redelaune und so vertieft, dass sie gar nicht merkte, wie sich mein ganzer Körper versteifte.

»Nach Berlin? Ja, da ist sie auch gewesen. Ich glaube, sie hat dort Kunst studiert – aber nicht fertig, kann das sein? Sie ist schon länger wieder hier, kümmert sich jetzt ums Jugendzentrum. Sie hat es selber renoviert und gibt dort Kurse für die Kinder. Malen, Schnitzen, solche Sachen. Sie hat mich sogar neulich gefragt, ob ich ihnen Töpfern beibringen würde.«

»Kannst du ja machen«, hörte ich mich sagen, während mein Magen rebellierte.

»Ja, das hab ich mir auch gedacht.« Fröhlich sprach Susanne weiter. »Ich habe mir schon überlegt, ihnen einfach meine Scheibe zu stiften. Zuerst habe ich Mone ja kaum erkannt, als sie bei mir im Yoga auftauchte. Aber als sie dann auf mich zukam –«

Ich versuchte, die Ohren zu verschließen, aber ich sah sie bereits vor mir: Mone auf der Yogamatte, Mone, die sich dehnt und biegt, Mone, die ihre Augen schließt, um ganz in sich selbst zu versinken. Mone kann sich fallen lassen. Als wäre das so bewundernswert! Als hätte das irgendeinen Nutzen, dass sie sich entspannen kann.

Und dann kommt sie auch noch hierher. Sofort sah ich auch diese Szene. Ihre breiten Monehüften füllen den Ledersessel aus. Sie wickelt doch jeden um den Finger, wie ihre dicken blonden Locken! Susanne kocht ihr Yogi-Tee und rührt selbst den Honig hinein, und Mone lässt ihre vollen Lippen in dem warmen Teebecher baden. Mone lobt die Elisenlebkuchen, die man kaum als solche erkennt, und Mone hört zu, als Susanne erzählt – nein, Mone will nicht zurück an den Schreibtisch.

Wie Susanne sich gefreut haben muss! Gefreut über diesen Tochterersatz, der gekommen war und ihre Nähe suchte. Während die echte Tochter so weit weg gezogen war und ihre Bedürfnisse nicht verstand, die Filzhandschmeichler, die Schüßler Salze, und die, wenn, dann von ihren Meetings erzählte, die sich Susanne kaum vorstellen konnte.

Der leise Vorwurf in ihrer Stimme: »Sie meint, sie hätte dir geschrieben, aber es sei nichts zurückgekommen.«

Natürlich wusste Mone genau, dass Susanne das weitertragen würde.

Ich hatte die Briefe weggeworfen, ungeöffnet, bis sie versiegten. Wenn ich sie gelesen hätte, hätte ich ihr verzeihen müssen.

»Ihren Jungen hatte sie auch dabei.«

»Ihren – was?«

Mone hatte ein Kind? Susanne sagte das nebenher, als sei es völlig selbstverständlich.

»Ein süßer Kleiner, hellblonde Locken. Er saß daneben und hat gemalt.«

Auch das noch! Wenn es etwas gab, was Susanne noch mehr für Mone einnahm, war es ein Kind – das Enkelkind, das sie noch immer nicht hatte. O ja, Susanne, ausgerechnet, die als Mutter so kläglich gescheitert war – ausgerechnet Susanne hoffte, dass ich endlich Nachwuchs bekam.

Nun hatte Mone auch das geschafft. Ich sah bereits die gesamte Familie, den Kleinen, das süße Monekind, und dann auch noch den Mann dazu. Ein Schreiner vielleicht, das würde passen, mit großen kreativen Händen, der im Jugendzentrum mithilft und auch gleich das Haus gestalten kann. Er hebt den Kleinen hoch zur Decke und schwingt ihn einmal durch die Luft, daneben steht Mone mit breitem Lachen. Ja, warum sollte es nicht so sein? Berlin ist vorübergehend gewesen, ein Ort, um sich zwischendurch auszuleben, aber nun hat Mone begriffen, wohin ihr Leben wirklich gehört.

Anders als ich, die noch nicht einmal eine richtige Wohnung hatte und auch gerade den Mann vergrault, der mit mir Kinder haben wollte.

Doch Susanne redete weiter.

»Der Typ war leider wohl nicht das Wahre. Der Vater von dem Kleinen, mein ich. War, glaub ich, einer aus eurer Schule. Er hat sie ziemlich schnell sitzen lassen. Der Junge hat einen seltsamen Namen. Was mit J, ich komm nicht drauf.«

Und da fing der Ledersessel an, sich unter mir zu drehen. Der Teppich schwankte hin und her und schlug Wellen auf dem Boden.

»Jano! Heißt der Junge Jano?«

Susanne verschwamm vor meinen Augen.

»Jano? Das könnte möglich sein. Der Name war jedenfalls ungewöhnlich. Du weißt doch, ich kann mir Namen nie merken.«

In der Ferne das Klingeln des Telefons.

Der schrille Ton drang an mein Ohr und bohrte sich tiefer in meinen Kopf.

Der Sessel drehte sich um sich selbst wie früher das Karussell auf dem Spielplatz. Und in dem Schwindel hörte ich Moritz: »Ich wollte dich an die Party erinnern! Ich warte unter der Diskokugel …«

Susanne schlurfte in den Flur.

Dann lauschte sie wohl in den Hörer hinein.

Dabei lag die Antwort im ganzen Raum!

»Du hast es doch gewusst«, sagte Moritz. »Natürlich ist da was gewesen. Das hast du damals doch schon gemerkt. Aber ist das jetzt noch wichtig?«

Ich krallte die Finger in den Sessel und streckte die Füße aus, um zu bremsen. Das alles konnte gar nicht sein!

Moritz war niemand, der anrief, nicht hier. Moritz wartete bloß am Tresen. Nein, er wartete nicht einmal. Moritz trank einfach sein Bier.

Moment – Ihnen ist also schwindlig geworden?«

»Schwindlig?«

»Das sagten Sie gerade.«

»Na ja, was heißt schwindlig –«

»Sie meinten doch, der Boden habe sich gedreht und Sie hätten alles verschwommen gesehen.«

Ich nicke.

Es war ja auch eine Nachricht, bei der einem plötzlich der Magen wegsackt. Mone und Moritz – ausgerechnet. Natürlich hat mich das getroffen.

Der Therapeut schnippt mit seinen Fingern gegen einen Übertopf. Ein stumpfes »Klonk«, das gleich wieder gedämpft wird, wie ein missglückter Paukenschlag.

Er steht schon die ganze Zeit über am Fenster. Während ich geredet habe, hat er einfach hinausgeblickt. Jetzt aber dreht er sich zu mir um. Seine Augen blicken ernst.

»Ein Zusammenzucken, sich mulmig fühlen – das mag einen schon mal überkommen. Aber das, was Sie beschreiben, klingt für mich fast schon nach einer Ohnmacht. Ist Ihnen das denn öfter passiert?«

»Öfter? Ja – ich meine, nein. Na ja, vor Weihnachten ein paarmal. Aber das waren nur kurze Momente. Da war wirklich nicht viel dabei.«

Der Therapeut nickt vor sich hin – als führte er im Kopf eine Liste, auf der er den nächsten Punkt abhakt.

Ich versuche, ihn zu beschwichtigen.

»Ich meine, das war sonst wirklich nicht schlimm. Das eine

Mal war schon speziell. Da kam einfach einiges zusammen. Da kann einem schon einmal übel werden.«

Mich macht das immer noch ziemlich wütend. Mone wollte doch damals schon, dass Moritz sich für sie interessiert. Wie sie sich geärgert hat, dass sie an dem Nachmittag zu spät zum See gekommen ist, um ihn ebenfalls kennenzulernen. Tja, das hat sie jetzt davon! Jetzt kann sie den Kleinen allein groß kriegen.

Der Therapeut tritt an den Tisch und stützt sich mit beiden Armen ab.

»Frau Forster, es ist nicht normal, dass man derart reagiert. Ein gesunder Mensch steckt einiges weg, auch eine unangenehme Nachricht. Dass Ihnen öfter schwindlig wurde, kann eine Reaktion des Körpers auf eine Überlastung sein. Das ist ein Symptom, das Sie nicht einfach auf die leichte Schulter nehmen sollten.«

»Natürlich.«

»Frau Forster!«

»Ja, natürlich.«

Ich senke lieber meinen Blick und rutsche auf dem Stuhl nach hinten. Diese Liste in seinem Kopf – irgendwie ist sie mir nicht geheuer.

15

Mone war Elenas beste Freundin. Obwohl sie so verschieden waren – oder vielleicht auch gerade deswegen –, hatten ihre klebrigen Hände am ersten Schultag zueinandergefunden. Sie hatten einander fest gedrückt, ein lautloses Bündnis gegen den Lehrer, der vorn von den Unterrichtspflichten erzählte und dessen Bart ihnen Angst einflößte.

Die Hände waren größer geworden, Elenas feingliedrig, Mones robuster, mit Filzstiftspuren auf den Kuppen, und sie hielten sich seltener fest, doch das Bündnis hatte gehalten.

Ich sehe sie in der Hollywoodschaukel, die bei Mone im Garten stand. Sie lagen in den gebleichten Kissen wie in einer Filmkulisse, zwei träge Starlets, die sich wiegten. Ihre nackten weißen Beine ruhten auf den braunen Blumen, ihre Köpfe neigten sich in den Schatten der Markise: Elenas schmaler, Mones runder mit den großen blauen Augen, die so klar wie Wasser waren – ach ja, Mone, liebste Mone! Wie schön sie in meiner Erinnerung ist.

Es war der Morgen, nachdem die beiden endlich im »Beach« gewesen waren, das sie schon lang hatten sehen wollen.

»Ziemlich schlechte Musik«, sagte Mone. »Viel zu monotone Beats.«

»Irgendwie nicht gut zum Tanzen.«

»Wenn wir nächstes Mal weggehen, dann zu einem anderen DJ!«

Es klang, als diskutierten da zwei versierte Clubbesucher statt der hibbeligen Mädchen, die vor der Disko gewartet hatten. Mit dem verschmierten Abdruck des Stempels auf dem rechten Handgelenk waren sie in das Dunkel getreten und hatten beschlossen, diesen Abend gemeinsam in Besitz zu nehmen.

Rot hatten ihre erhitzten Wangen unter der Decke aus Puder geleuchtet. Sie hatten sich durchs Gedränge geschoben, Mone war einfach drauflosmarschiert, Nase und Busen nach vorne gereckt, Elena war ihr gefolgt und hatte sich verstohlen umgesehen.

Sie fanden die Bar mit dem Strohmatten-Tresen, die ihnen sehr originell vorkam, und weil nur noch ein Hocker frei war, schob jede den Po zur Hälfte darauf. Die Cocktails schmeckten wie Fruchtbonbons, die Süße kaschierte den Alkohol, und mit Vergnügen aßen die beiden die roten Maraschino-Kirschen. Sie sahen den älteren Mädchen zu, die sich an den Tresen lehnten, um sich von den herumlungernden Jungs einen Cocktail ausgeben zu lassen. Auch Mone und Elena warfen Blicke voller Erwartung in die Runde, aber sie waren wohl zu schüchtern, als dass sie Aufmerksamkeit erregt hätten.

Vielleicht war es aber auch zu dunkel. Dicke Schwaden durchzogen den Raum und hüllten die Gesichter ein, mit jedem Atemzug inhalierte man den Rauch der Zigaretten.

Die Bässe dröhnten aus den Boxen und hallten dumpf im Brustkorb nach. Mone und Elena ließen sich schließlich auf die Tanzfläche treiben. Mone warf ihre Locken nach hinten, Elena ließ die Finger spielen, sie setzten die Füße nach vorn und zurück und ließen ihre Hüften kreisen. Sie verschmolzen mit den Schemen, die um sie herum im Schwarzlicht zuckten, dicht quoll der Rauch aus der Nebelmaschine und verschluckte ihre Füße.

Trotzdem fehlte irgendetwas. Sie hatten gedacht, da müsste noch mehr sein. Passierten denn nicht große Dinge in diesen langen späten Stunden?

Diese Nacht hatte sie nur ermattet. Wie Stahlwolle lag sie in ihren Schädeln, polsterte sie aus, kratzte an den Schläfen. War der Abend hell gewesen, fast schon grell im Diskolicht, war der Morgen nun einfach grau und der Kaffee schmeckte bitter, sie hatten zu viel Pulver genommen. Daher verdünnten sie ihn mit Milch, bis er kaum mehr Farbe hatte.

Ein Knarzen: die Terrassentür. Ein Schatten trat vor den Holzperlenvorhang und fiel über die braunen Fliesen; er wurde zu Reta, Mones Mutter, die gerade aufgestanden war.

Reta ließ sich in den Rattansessel gegenüber der Schaukel sinken und drapierte ihre Beine zwischen Thermoskanne und Tassen auf der fleckigen Platte des Glastischs.

Fasziniert blickte Elena auf die dünnen blauen Adern, die die helle Haut durchzogen, und die rot lackierten Nägel auf den kurzen, breiten Zehen. Sie waren dunkler als die Kirschen auf dem Boden der Cocktailgläser, eher wie die Sauerkirschen am Baum, kurz bevor sie zu platzen beginnen.

Mone war durchaus zu beneiden, dass sie so eine Mutter hatte: eine, die wusste, was sie wollte, die fest auf ihren Beinen stand. Mones Mutter fotografierte Landschaften im Dämmerlicht, die sie in Galerien verkaufte. Nur manchmal, wenn das Geld knapp wurde, knipste Reta Friseurmodelle.

Mones Vater war weit weg. Er machte irgendetwas mit Platten – was, hatte Elena vergessen, da Mone selten von ihm sprach. Er hatte sich von Reta getrennt, kurz bevor Mone geboren wurde, und er war in Berlin geblieben. Reta hingegen war zurück zu ihrer Familie aufs Land gezogen.

Sie machte das Beste für sich daraus. Auch in der vorherigen Nacht war sie noch nicht zu Hause gewesen, als Mone und Elena gegen zwei in den Flur geschlichen waren.

»Hast du Kippen?«, fragte Reta.

Genervt stöhnte Mone auf: »Klar hab ich noch Zi-ga-ret-ten. Kannst du das nicht normal sagen, Mama?«

»Du sagst selber Kippen, Moni.«

»Du bist alt. Bei dir klingt das bescheuert! Außerdem haben wir vereinbart, dass du mich nicht mehr Moni nennst!«

»Hast du das gehört, Elena?«

Elena lächelte, weil sie nicht gegen Mone Partei ergreifen wollte.

Wie Reta in die Tasse aschte und dabei die wirren Locken von der Nasenspitze wischte, gleichzeitig fahrig und gekonnt! Selbst mit diesen winzig kleinen Bröseln schwarzer Wimperntusche in den feinen Mimikfältchen, selbst in dem alten Männerhemd, das sie übergeworfen hatte, war Mones Mutter eine Frau, die um ihre Wirkung wusste.

Ob Mone auch einmal so aussehen würde, wenn sie erst erwachsen waren? Also wirklich-wirklich erwachsen, nicht nur, wie jetzt, dem Kindsein entkommen?

Sie hatten bereits geplant, wie sie später zusammen nach Berlin ziehen würden, um dort all die Dinge zu erleben, von denen Reta manchmal schwärmte. Sie würden in einem Altbau wohnen, den sie mit Holzkohlen beheizten, und auf Vernissagen gehen, zu denen Mone Einladungen hätte. Sie würden dunkelroten Wein aus Kelchen mit langen Stielen trinken und dabei Saxophonmusik lauschen. Eine Malerin und eine Schauspielerin! »Man muss es einfach nur stark genug wollen, dann klappt es auch«, hatte Mone gesagt.

Sie streckte ihr Bein aus und setzte den Fuß rechtwinklig zu Retas Bein.

Ächzend wiegte sich die Schaukel.

Reta rührte in ihrem Kaffee.

Dann wandte sie sich an Elena.

»Was macht die Aufführung?«, fragte sie.

»Welche Aufführung«, sagte Mone.

»Na, das Theater in eurer Schule. Hattest du letztes Mal nicht erzählt, dass Elena eine Rolle hat?«

Mone verzog die Himmelfahrtsnase und gab ein leises »Pff« von sich. Elena blieb weiter still. Die Schulaufführung war ein Thema, das sie lieber vermieden hätte.

Mone malte das Bühnenbild, was ja eigentlich auch passte – sie hatte die halbe Kulisse entworfen, und der Kunstlehrer hatte sie gelobt, weil ihre übergroßen Blumen denen auf alten Tapeten glichen.

Trotzdem glaubte Elena manchmal, ihren scheelen Blick zu spüren, wenn Mone unterhalb der Bühne Papprasen an die Bretter klebte. Ein ungewohnter Platz für Mone, die sonst immer im Mittelpunkt stand. Wäre sie auch gerne Sheila gewesen, die durch den Central Park spaziert?

Warum sonst sagte sie jetzt schneidend: »Sie hat sogar schon ein Kleid dafür. Ein altes Hippiekleid von Susanne. Was für Klamotten ihr damals hattet!«

»Besser als dieses komische Top, das knapp über deinem Bauchnabel endet.«

»Wenn dir erst klar ist, dass das in ist, rennst du los, um dir auch eins zu kaufen.«

Reta stemmte sich aus dem Sessel.

»Will noch jemand Kaffee haben?«

Sie schwenkte die leere Thermoskanne und verschwand durch den Perlenvorhang.

Elena rieb sich die nackten Arme. Die Luft war auf einmal kühl geworden. Eine Wolke war vor die Sonne gewandert, ihr Schatten lag über der Hollywoodschaukel.

Eine Nacktschnecke schob sich über die Fliesen, und Mone stupste sie mit dem Zeh. Die Schnecke zuckte kurz zusammen und rollte sich an den Enden auf.

»Der Typ war gar nicht da«, sagte Mone, ohne die Schnecke aus den Augen zu lassen. Sie klang gereizt, es lag wohl an Reta.

»Wer«, sagte Elena verhalten.

Sie wusste genau, wen Mone meinte, und sie bereute in diesem Moment, ihr von Moritz erzählt zu haben.

Sie hätte ihr nicht sagen sollen, dass sie nach ihm Ausschau hielt. Sie hatte ihn in den Gesichtern gesucht, die im Stroboskoplicht aufblitzten, aber sie hatte ihn nicht gefunden. Verbrachte er seine Nächte nur draußen? Oder hatte sie ihn verpasst?

»Ich würde ja nichts mehr auf den geben. Wenn er sich gar nicht bei dir meldet.«

»Wie sollte er sich denn melden können? Er weiß ja nicht mal, wie ich heiße.«

»Eben. Er hätte ja fragen können.«

Mone kickte noch heftiger. Die Schnecke flog über das Geländer. Mones blonde Locken wippten, bevor ihr Zeh nach der nächsten suchte.

16

Wenn die Schulaufführung erst stattfand, stünden Stühle in der Aula, und ein dicht gewebter Vorhang hinge vor den Fensterscheiben. Der ganze Saal läge dann im Dunkeln, nur ein Spot, gelb wie die Sonne, fiele vorne auf die Bühne, und die Luft vibrierte leise vom nervösen Schülerkichern.

So stellte Elena sich das vor.

Noch aber schien der Tag durch die Fenster auf den grauen Waschbeton. Er leuchtete in jede Ecke und zeigte jeden Kaugummi, der von geschickten Schülerhänden in die Ritzen gedrückt worden war. Er hob jeden einzelnen Pinselstrich auf den Baumkulissen hervor, die hölzern bis zur Decke wuchsen, wo noch ein paar Kabel hingen.

Elenas großer Zeh bohrte sich in den dreckigen Teppichboden. Sie saß auf den breiten Stufen, wo später die Stühle der Zuschauer stehen würden, und rollte ihr Skript so oft um sich selbst, bis es ganz verbogen war.

Mone mochte sie beneiden, aber die Proben waren zäh. Von dem Glanz der Aufführung ließ sich bislang noch wenig erahnen. Die Worte von Elenas Schulkameraden waren so platt wie die Kulissen, und der grüne Teppichrasen war von den Sohlen abgeschabt. Und was noch viel schlimmer war: Claude, die Liebe ihres Lebens, hatte eine Hühnerbrust. Er kam auch nicht aus Alabama, sondern aus dem Nachbardorf.

Bislang war er ihr kaum aufgefallen, obwohl er in der Parallelklasse war. Nun würde sie ihn umarmen müssen.

Elena stand von der Stufe auf. Leise stahl sie sich zum Ausgang. Das Hippiekleid schleifte hinter ihr her.

Sie stieß die Flügel der Glastür auf und tappte barfuß über den Teerplatz, der der Schule als Pausenhof diente. Junge Linden standen dort und warfen ihre dürren Schatten neben ein paar Bänke aus Holz.

Elena legte sich auf die, die am weitesten vom Gebäude entfernt war. Sie schloss die Augen vor der Sonne.

Leise stieg das Lied in ihr auf.

Es stammte von einer der alten Platten aus dem Wohnzimmerregal, die dort unter der Staubschicht schliefen. Die Zeiten waren längst vorbei, in denen Susanne abends manchmal eine Scheibe aus ihrer Hülle nahm und sich dazu im Wohnzimmer wiegte. Sie hatte damit aufgehört, wie mit dem Singen und dem Töpfern.

Nun war Elena auf die Platten gestoßen. Sie hatte den Staub von den Kanten gestrichen, dann hatte sie eine nach der anderen aus der langen Reihe gezogen. Sie mochte die alten vergilbten Cover. Eines gefiel ihr ganz besonders, das mit dieser jungen Frau, die auf einem Motorrad saß. Ihre Sonnenbrillengläser waren wie Insektenaugen.

Ihre Locken leuchteten in der tiefen Abendsonne. Sie erinnerte Elena an Mone, und kurz hatte sie überlegt, ihrer Freundin das Cover mitzubringen. Dann hatte sie sich dagegen entschieden. Mone reagierte gerade allergisch auf Hippies und dergleichen.

Der Plattenspieler hatte geächzt, als Elena den Startknopf drückte, aber dann hob sich der Arm mit dem schwarzen Tonabnehmer. Als er sich auf die Platte senkte, knisterte ein Staubkorn leise unter der Diamantennadel.

Eine Saite stöhnte auf. Und dann, plötzlich, erklang die Stimme. Es schien, als käme sie von weit her, als kennte sie mehr als ein einziges Leben und wäre vom Rauchen weise geworden.

Elena hatte den Arm gestoppt, angehoben, zurückgeschoben, so oft, bis sie mit der Frau auf der Wiese singen konnte: »Freiheit ist nur ein anderes Wort für ›Nichts mehr zu verlieren‹.« Es schien ihr, als ob der ganze Sommer in diesen beiden Zeilen steckte.

Freiheit, ja, die wollte sie! Frei von allen Zwängen sein. Aber nichts mehr zu verlieren zu haben – war das denn ersehnenswert? Es klang so endgültig, so ernst, dass es sie erschauern ließ.

»Elena!«

Sie schrak zusammen.

Ein Schatten war vor die Sonne getreten. Blinzelnd hob sie ihre Lider.

Da stand Claude mit seinem Skript, der Schweiß stand in seinen roten Haaren. Wie hieß er doch gleich wieder – Christoph? Christoph mit ph am Ende.

»Da bist du ja endlich«, sagte er, als wäre sie zu ihm gekommen.

»Ich war die ganze Zeit über hier.«

»Alle warten schon auf dich.«

Elena erhob sich langsam. Sie war noch benommen von der Hitze und taumelte etwas, bis sie stand.

»Hast du dich genug gesonnt?«

Wortlos ließ sie Christoph stehen. Was beschwerte er sich jetzt? Er war es doch, der seinen Auftritt stundenlang nicht hinbekam.

Da war er auch schon neben ihr, mit den langen, dünnen Armen und ebensolchen schlaksigen Beinen, die an seiner

Hüfte hingen, als gehörten sie ihm gar nicht. Er schien immer noch erstaunt, dass er so gewachsen war. Wer war bloß auf die Idee gekommen, ihn den Soldaten spielen zu lassen?

Schlenkernd hielt er mit ihr Schritt, als würde etwas sie verbinden. Nur weil sie ein Pärchen spielten, bildete er sich wohl was ein. Doch er schwieg, fast schon beharrlich, und lächelte einfach vor sich hin. Sollte sie jetzt auch noch reden, weil es sonst zu peinlich war?

Der Schulhof kam ihr endlos vor. Das lag sicher an der Sonne, die den Teer so stark erhitzte, dass man beinahe kleben blieb.

»Hast du deinen Text gelernt?«

Etwas musste sie ja sagen.

»Was?«

»Ob du deine Rolle kannst.«

»Das kannst du ja gleich selber sehen. Sonst sprichst du eben für uns beide.«

Er hielt sich wohl für besonders witzig! Gut, dass da die Glastür war. Und die Bühne und das Skript, an das sie sich halten konnten.

Elena fand ihren Platz, der mit einem Kreuz markiert war, und versuchte, sich zu sammeln. Klack – der Spot traf ihre Augen, und sie starrte in das Licht.

Ihr Husten hallte in den Boxen.

Sie räusperte sich, blickte auf den Boden. Schluckte.

Dann straffte sie die Schultern.

»Bleib bei mir, Claude!«

»Lauter!«, rief der Lehrer.

»Bleib bei mir, Claude!«

Diesmal blieb es still.

Das Parkett verschwand im Dunkel, in der Ferne stand

der Mond. Leise raschelten die Blätter. Es klang gar nicht wie Papier.

»Ich kann nicht, ich hab mich zum Kampf verpflichtet.«

War das wirklich Christophs Stimme?

Nein, es war Claude, der da vor ihr stand. Alles wirkte plötzlich ganz wahrhaftig.

Er war gekommen, um Abschied zu nehmen, er ging in den Krieg nach Vietnam. Ob er je zurückkommen würde, stand in den Sternen aus goldener Folie, die jetzt über ihnen blinkten. Er würde durch wilde Wälder kriechen, wo ihn die Vietminh bedrohten – oder eher die Vietcong? Elena vergaß das immer.

Ihre Finger flimmerten, und sie fasste Claude am Ärmel. Er war feucht, bestimmt vom Angstschweiß. Flöge er doch in den sicheren Tod!

Fest zog Sheila an seinem Hemd.

»Vergiss die Pflicht, Claude«, sagte sie laut.

»Hauptsache, du vergisst mich nicht, Sheila!«

Sheila ließ ihre Hände sinken.

Es war sowieso vergebens. Sheila würde Claude verlieren. Zöge er nicht in den Krieg, würde er sofort erschossen.

»Leb wohl, mein geliebter Claude«, sagte Sheila.

»Leb wohl, Sheila«, sollte Claude nun sagen, ihr die Hände drücken und von der Bühne gehen. Danach würde der Mond erlöschen, und wenn schließlich der Vorhang fiele, käme hoffentlich Applaus.

Doch Claude beugte sich zu Sheila herab, so nah, dass sein Atem sie streifte. Die Papierblumen hinter ihnen rauschten. Etwas flog über ihre Wange. War das ein Schmetterling gewesen?

Und dann war es schon vorbei.

War Claude dabei rot geworden? Elena konnte es nicht sagen. Verlegen starrte sie auf ihre Zehen, bis der Mond endlich verlosch, dann schlüpfte sie schleunigst von der Bühne, ohne noch ein Wort zu sagen.

Christoph stand und sah ihr nach. Auf den weißen Mittelscheitel und die spitzen Schulterblätter, die durch ihren Kleiderstoff stachen. So zerbrechlich schmale Schultern.

Der Lehrer klatschte in die Hände.

Nie werde ich diesen Moment vergessen, in dem die Bühne plötzlich verschwand und niemand mehr da war außer Sheila und Claude.

Eigentlich war es da bereits klar, dass es keine Aufführung geben würde.

Was hätte auch noch passieren können? Alles, was zwischen ihnen war, hatte schon in jenem Moment gelegen. Jede Wiederholung dessen wäre nur ein müder Abklatsch gewesen.

Natürlich muss der Therapeut mich fragen:

»Christoph? War das derselbe Christoph, mit dem Sie bis vor Kurzem zusammen waren? Oder ist es nur ein Zufall, dass die beiden denselben Namen tragen?«

Nein, es gab nur einen Christoph, dessen Wangen im Licht der Scheinwerfer glühten und den ich später im Studium küsste. Dieser Christoph ist es auch, der mich nun verlassen hat.

Die Stehlampe in der Zimmerecke wirft ihr schwaches Licht an die Wand. Von draußen sind die Fenster mit Wolken verhangen. Man könnte meinen, es sei schon Abend.

»Lassen Sie mich noch einmal zusammenfassen: Christoph kommt aus Ihrer Gegend, er war sogar auf Ihrer Schule und in dem Sommer mit dabei, und dann ist er in München geblieben, während Sie nach Frankfurt zogen.«

Ich nicke.

Der Therapeut redet weiter. Er macht das immer: wiederholen, was ich bereits geschildert habe, in seinen eigenen knappen Worten. Er nennt es »das Wesentliche erfassen«.

Doch sein ruhiger, gleichmäßiger Singsang dringt nicht

mehr richtig zu mir durch. Ich sitze wie in einer Blase, die sich mit Traurigkeit anfüllt.

Ich habe mich zu wenig gekümmert. Ich habe anderes vorgezogen. Christoph war ja sowieso da. Dachte ich zumindest lange.

Das Licht der Lampe wird immer dünner, als könnte der Therapeut es allein durch die Kraft seiner Gedanken dimmen.

Sicher kann er mir erklären, wo genau die Probleme liegen.

Aber ich will nicht klüger werden. Nicht, wenn es um Christoph geht.

Ich habe Angst, es kommt heraus, dass mein Verlust endgültig ist.

17

Ich weiß noch, wie ich vorm Spiegel stand, das Kinn ein bisschen nach vorne gereckt, und wie ich mich ansah in meinem ersten, frisch erstandenen Hosenanzug. War ich diese Frau in dem schwarzen Panzer, der sich in der Hüfte wellte, wenn ich die Arme nach oben hob? Passten meine Fransenhaare zu dem steifen Blusenkragen?

»Sehr gut«, hatte die Frau gesagt, die mir im Kaufhaus geholfen hatte. »Hier könnte man noch etwas kürzen, unser Schneider macht das gern. Doch ansonsten – tadellos. Eine richtige Businessdame!«

Ich war mir noch nicht so sicher. Das Sakko erschien mir etwas zu breit und der Stoff ein bisschen zu glänzend. Aber ich war überzeugt, dass ich mich daran gewöhnen würde.

Also schritt ich durch unsere Wohnung. So großzügig, wie es möglich war in den beiden kleinen Zimmern. Ich federte in meinen Pumps und hielt dem Spiegel einen Vortrag, den ich mit Gesten unterstrich.

Christoph sah vom Sofa auf, wo er einen Aufsatz las.

»Wer hat dir diese Uniform verordnet? Musst du die jetzt auch zu Hause tragen? Wenn du das Ding erst täglich anhast, wirst du es bald überhaben.«

»So weit muss ich erst mal kommen!«

Klang ich motiviert genug?

Ja, ich würde so weit kommen! Ihnen zeigen, was ich konnte!

Ich hatte zwar noch wenig Erfahrung, aber dafür gute Noten. Gerade war ich von der Beratung für ein Praktikum angenommen worden.

»Ich hab eher Sorge, dass du es schaffst. Und dann gar nicht mehr aufhörst zu arbeiten.«

»Als ob das bei dir anders wäre.«

»Anders als du kenne ich meine Grenzen.«

Eine von Christophs Predigten: »Ich hab noch keine zitternden Finger, weil ich so viel Kaffee trinke. Ich komme auch regelmäßig nach Hause, bevor die Bibliothek zumacht. Meine Familie beschwert sich nicht, dass sie mich überhaupt nicht mehr sieht.«

»Die würden sich doch schon beschweren, wenn du nur einen Sonntag nicht kämst.«

»Mir täte es auch leid, sie nicht zu sehen.«

»Siehst du, das lässt sich nicht vergleichen.«

Ich wich seinem Blick aus, indem ich schnell nach dem zweiten Sakko griff.

Eltern waren ein heikles Thema. Christoph wollte nicht verstehen, warum ich die meinen hartnäckig mied. Und nun weigerte ich mich auch noch, zu seinen Eltern mitzufahren.

Sie gingen mir einfach auf die Nerven.

Der ewige Witz: Da ich Wirtschaft studierte, wolle ich wohl eine Gast-Wirtschaft aufmachen? Ob es nicht Hauswirtschaft sein könne? Christoph lachte nur darüber. Er lachte auch, wenn sie zum zehnten Mal fragten, warum er nicht operieren könne, wenn er schon einen Doktor mache.

Aber für mich war das nicht lustig. Ich hatte gesehen, was daraus wurde, wenn man nur Hauswirtschaft betrieb. Ich wollte nicht wie Susanne werden und im Schlepptau eines Mannes irgendwo in der Provinz versauern.

Also lernte ich. Und lernte.

Es kam mir wie eine Belohnung vor, als ich die Firma betreten durfte. Steffen, der damals noch nicht lange dabei war, führte uns Praktikanten herum. Lilien standen in hohen Vasen, mit Kelchen wie aus Porzellan, das geölte Holzparkett brillierte wie die Fensterscheiben.

Wie konnte es Christoph nur vorziehen, einfach an der Uni zu bleiben, in Hörsälen mit alten Holzklappbänken! Wie konnte er noch jahrelang in der Mensa essen wollen, ewig am Kopierer warten, Automatenplörre trinken?

Das Laptop vor mir war leicht und silbrig, es surrte wie ein flinkes Insekt. Mein Geist war hell und konzentriert. Ich ordnete Zahlen in Tabellen, und meine Hand schrieb wie von selbst. Die Finger liefen immer schneller und spürten kaum den Tastendruck.

Steffen sah mir über die Schulter.

»Nicht schlecht«, sagte er und griff nach der Maus.

Die Knöpfe an den Manschetten glänzten, an der linken Hand trug er den Ehering.

Steffen sollte bald Teamleiter werden. Seine Haut war leicht gebräunt, die Schuhe waren frisch poliert, die Haare mit Wachs nach hinten gekämmt. Ständig schob er ein Pfefferminzbonbon aus einer Schachtel in seinen Mund.

»Weiter so!«

Er schob das Bonbon mit der Zunge hin und her. Es klackte gegen seine Zähne. Das Klacken war schnell und regelmäßig.

Beim Arbeiten vergaß ich die Zeit. Meine Augen hingen am Bildschirm, meine Finger zuckten auf der Maus. Zwischendurch griff ich nach dem Kaffee, der bereits kalt geworden war.

In den Banktürmen um uns herum leuchteten gelbe

Vierecke auf, und darin standen ebenfalls Tische, über die sich Schatten beugten. Langsam schlossen sich die Lamellen, die Lampen im Raum wurden heller, fast weiß. Immer noch atmeten unsere Laptops, klickten unsere Tasten im Takt.

Ich vergaß an jenem Abend, Christoph eine Nachricht zu schreiben. Im Grunde vergaß ich, dass es ihn gab, dass er nun allein auf dem Sofa saß.

Sein Bild verblasste neben Steffen. Wobei es gar nicht um Steffen ging – es waren die Manschettenknöpfe und das maßgeschneiderte Hemd, die meine Aufmerksamkeit erregten, der feine Stoff, der Ledergürtel, die glänzende Uhr am Handgelenk. Es war die Art, einen Drink zu bestellen, so, als ob einem die Bar gehörte, nein, keinen Drink, eine ganze Karaffe für den Praktikantentisch.

Grün spiegelte sich das Licht in den Flaschen, die in den hohen Regalen standen, und ein Teppich aus sämigen Tönen dämpfte das Eiswürfelklirren im Shaker. Um uns herum saßen Anzugträger, die ebenfalls lange gearbeitet hatten, sie tranken Gin aus runden Gläsern und lachten laut über ihre Witze. Sie lockerten ihre Krawatten und Krägen und fläzten sich breitbeinig in die Lehnen. Schlanke Frauen mit großen Brüsten setzten sich mit ihren Drinks dazu.

Christoph hätte hier wahrscheinlich nicht einmal die Tür passiert in seinem alten Holzfällerhemd. Es hätte ihn nicht einmal gestört. Er hätte einfach nur gesagt: »Wenn die mich nicht wollen, wie ich bin, dann sollen sie gerne ohne mich feiern.«

Reihum füllte Steffen unsere Gläser. Er hatte für jeden von uns einen Spruch, er raunte ein paar launige Worte und wollte wissen, woher wir kamen und was wir nach dem Studium vorhatten. Der Wodka machte mein Lachen strahlend. Oh, ja, ich wusste, was ich wollte – die Karriere machen, von der er schwärmte:

»Immer wieder neue Projekte. Du wirst so richtig herausgefordert. Unbegrenzte Aufstiegsoptionen. Wenn du gut bist, dann fördern wir dich. Immer wieder neue Themen! Neue interessante Leute. Einblick in viele Unternehmen. Du bist in der ganzen Welt unterwegs.«

»Und wenn man die Leistung einmal nicht bringt – fliegt man dann raus, wie es immer heißt?«

Ich hätte die Frage selbst nie gestellt. So weit sollte man nicht denken.

»Wir wollen richtig gute Leute, die bereit sind, Leistung zu bringen. Dafür bezahlen wir dann auch. Und zwar richtig ordentlich. Dass wir dafür Ansprüche stellen, versteht sich – aber das ist es doch, was diesen Job so besonders macht! Wer will denn mittelmäßig sein?«

Alle schüttelten den Kopf.

Ich verscheuchte den Gedanken an Christoph, der Berater Arbeitssklaven nannte, die Lebenszeit für Geld verkauften. Er selbst hingegen, sagte er, forsche, weil er Lust dazu habe.

Erst im Taxi, auf dem Rücksitz, suchte ich nach meinem Handy. Drei Nachrichten auf meiner Mailbox. Danach hatte Christoph wohl aufgegeben.

Es war wirklich spät geworden, eigentlich war es schon früh am Morgen.

Also tippte ich nur schnell: »Schlaf gut, Lieber, träum was Schönes.«

18

Ich kann auch gleich davon erzählen. Vom letzten Abend, den wir hatten. Dann habe ich es hinter mir.

Es war nach meiner Abschlussprüfung. Ich lag auf der Couch, die Augen gerötet von den vielen schlaflosen Nächten, die ich über Büchern verbracht hatte. Das Zimmer roch scharf und nach Zitrone. Christoph hatte den Boden gewischt.

Ich sah zu, wie er den Schreibtisch aufräumte, sah seine langen, dünnen Hände Blätter Kante auf Kante legen, um sie dann in den Locher zu schieben. Er schloss die Mappe hinter ihnen. Bei ihm hatte alles seine Ordnung.

»So«, sagte er befriedigt wie immer, wenn er etwas erledigt hatte. »Und jetzt? Sollen wir noch feiern gehen?«

Er konnte die Frage nicht ernst gemeint haben. Er wusste doch, dass das nicht möglich war, weil ich am nächsten Morgen um sieben den ersten Flieger nehmen musste.

Steffen hatte mich gebeten, sobald ich konnte anzufangen. Er betreute gerade ein großes Projekt, bei dem er mich im Team haben wollte. Ich wusste, es würde anstrengend werden, sofort nach der Prüfung weiterzumachen. Ich hatte trotzdem zugesagt.

Und dennoch – hätten wir rausgehen sollen? Wäre der Abend anders verlaufen, wenn wir, anstatt zu Hause zu bleiben, in einer Kneipe gesessen hätten?

Wahrscheinlich nicht. Ich hätte mich eher über den schlechten Wein geärgert. Und es hätte nichts geändert: Ab dem nächsten Morgen war ich weg, jede Woche von Montag bis Donnerstag. Und Christoph wiederum fuhr sonntags zu seinen Eltern zum Kaffeetrinken.

»Und das nennst du dann eine Beziehung?«, hatte Christoph mich gefragt. »Wenn du dich von der Arbeit ausruhst, vielleicht in meiner Gegenwart?«

Ich hatte nur mit den Schultern gezuckt. Andere machten das doch auch. Natürlich war es nicht ideal. Aber warum sollte es nicht gehen?

»Was hältst du davon, wenn wir Sushi bestellen?«

Christoph fragte es meinetwegen. Er hatte bisher noch nie Sushi gegessen. Eigentlich wusste ich schon vorher, dass es ihm nicht schmecken würde.

Wie er schon die Stäbchen hineinpikte. Er kaute auf dem Reis herum wie auf einem Kaugummi. Er spielte den dummen Jungen vom Land, der sich nicht benehmen kann.

Ich hasse die Gedanken, die ich hatte, jetzt, da ich mich an sie erinnere. Der Abend wird immer hässlicher, je öfter ich ihn vor mir sehe.

»Ich bin gespannt auf das Projekt. Steffen hat nur was angedeutet. Es geht um eine große Firma –«

»– die wieder ein paar Standorte schließt.«

Ich versuchte, den Einwurf zu überhören.

»– die ihre Probleme selbst nicht sieht, weil sie zu tief im eigenen Sumpf steckt.«

Seit ich das Praktikum absolviert hatte, führten wir öfter solche Gespräche.

»Du redest auch schon wie die«, sagte Christoph. »Ich bin ja gespannt, was du machst, wenn du siehst, dass du erst mal Stellen streichen musst. Und zwar Stellen, die sie auch selbst streichen könnten. Ob du sie dann immer noch verteidigst.«

Sein Maki fiel in die Sojasoße, die Reiskörner lösten sich voneinander. Christoph stocherte darin herum.

»Rohe Gurke«, sagte er.

Es klang verächtlich, fast schon bitter. Er legte die Stäbchen auf den Tisch. Ich tat, als merkte ich es nicht, und angelte nach einem Thunfisch.

Der Schirm der Stehlampe war zerschlissen, wir brauchten dringend eine neue. Und eigentlich auch ein neues Sofa. Und Möbel, die zueinanderpassten. Wir hatten unsere vom Flohmarkt geholt, am Anfang des Studiums ging das ja auch, doch irgendwann will man anders wohnen – ich zumindest wollte das.

Plötzlich fiel mir Elena ein. In ihren Träumen von der Zukunft war nicht einmal ein Bett vorgekommen. Nur eine Matratze auf den Dielen, darum herum ihre Kleiderberge. Sie wollte auch nachmittags dort sitzen, ein bisschen lasziv, ein bisschen schlampig, und in eine Weinflasche aschen, die vom Abend zuvor herumstand. Sie wollte die ausgefransten Spitzen ihrer Haare mit den Fingern kämmen. So hatte sie sich das ausgemalt.

Sie war mir ziemlich fremd geworden.

Der Reis auf den Tellern trocknete ein. Die Avocado wurde braun, der Sojageruch begann zu stechen. Und über allem der Staub in den Polstern, den Christoph nicht hatte wegputzen können.

Christophs Lippen suchten die meinen. Wann hatten wir uns zuletzt geküsst? Wie lange war es schon wieder her, dass wir miteinander geschlafen hatten?

Er fand meine Brüste in den gepolsterten Schalen meines neuen BHs. Bittend begann er sie zu küssen, doch meine Brustwarzen blieben weich. Teilnahmslos blickten sie ihn an, sosehr er sich auch um sie bemühte. Seine dunklen Augen flehten. Ich verschloss die meinen vor ihnen.

Mein Kopf brannte, er hörte nicht auf, über den nächsten Tag nachzudenken. Von Neuem packte ich den Koffer, der fertig in der Ecke stand. Doch, die Blusen waren darin. Das Laptop würde ich erst noch bekommen. Einchecken sollte ich besser jetzt noch, auch den Wecker rechtzeitig stellen.

Christophs Finger rieben sich an meinen trockenen Schamlippen wund. Ich versuchte, mich auf ihn zu konzentrieren. Aber es gelang mir nicht.

Schuhcreme hatte ich vergessen. Oder bekam ich die im Hotel? Das Taxi sollte um sechs da sein, nein, vielleicht besser schon um halb. Lieber war ich zu früh am Gate, als meinen Flieger zu verpassen.

Mit einem Kuss auf meinen Bauch gab Christoph seine Bemühungen auf. Er wirkte nicht einmal enttäuscht, nur traurig, als er meinen Pulli nach unten zog.

Ich war müde, ich konnte nicht mehr. Er sollte mir über den Rücken streicheln, mir die feinen Haare im Nacken küssen und das Licht der Stehlampe dimmen. Er sollte mir Tee bringen, mit viel Milch, damit ich die Bitterstoffe nicht schmeckte. Er sollte mir sagen: »Alles wird gut!«, damit ich fest daran glauben konnte.

Doch er blieb einfach nur neben mir liegen.

»Wird dir das nicht zu viel?«, fragte er. »Willst du nicht erst einmal Pause machen?«

Und plötzlich ging er mir auf die Nerven.

»Das werd ich schon schaffen«, sagte ich.

»Man kann alles absagen«, sagte er.

Seine weiche Stimme reizte mich.

Im Licht trat seine Nase hervor, seine Brust wirkte hager in dem T-Shirt.

»Das ist meine Chance«, sagte ich. »Die kann ich nicht einfach vorbeiziehen lassen.«

»Wer zwingt dich dazu?«, fragte er.

Ich fuhr auf.

Mein Hinterkopf schlug in sein Gesicht.

Und auf einmal kam es heraus, bevor ich es zurückhalten konnte.

»Du willst doch nur, dass alles so bleibt, weil es dann einfacher für dich ist! Dass ich hier einen Job anfange und abends brav nach Hause komme, während du deine Diss fertig machst. In diese – o Mann, schau doch, das Sofa! Willst du das denn ganz ruinieren?«

Christophs Augen: groß und blank. Tropfen fielen aus seiner Nase, doch er schien sie nicht zu bemerken. Das Blut rann auf seine Oberlippe. Er legte nicht einmal den Kopf in den Nacken.

Stattdessen sah er mich unverwandt an, und dieser Blick ließ mich erstarren. Ich wusste, ich war zu weit gegangen. Wir waren an dem Punkt angekommen, vor dem ich mich immer gefürchtet hatte.

»Ich will, dass alles so bleibt?«, sagte er. »Keine Ahnung – will ich das? Ich weiß nur, dass du dich verändert hast. Wo ist dieses Mädchen geblieben, das barfuß durch die Schule lief und das zwischendurch die Stunden geschwänzt hat, weil das Wetter draußen zu schön war? Das seltsame Klamotten trug und sich einen Dreck darum scherte, was andere darüber dachten? Du hattest diese wahnsinnige Freiheit – und was hast du daraus gemacht?«

Seine Stimme war ganz ruhig. Er sprach sogar langsamer

als sonst. Das, was er sagte, hatte er wohl schon länger mit sich herumgetragen.

»Ich weiß nicht, wie das weitergehen soll. Dieses Leben, das du jetzt gewählt hast, in dem Arbeit über alles geht, das Gehabe, diese teuren Klamotten – das ist nicht meine Welt, und das weißt du. Das kann noch eine Weile so gehen, solange wir es ignorieren – und ich fürchte, das könnte uns gelingen, wir werden uns sowieso kaum noch sehen. Aber ich will das nicht mehr. Ich würde auch gern mal darüber reden, wie ich mir die Zukunft vorstelle. Und ich fürchte, spätestens dann –«

Ich senkte den Kopf. Mir war ganz wirr. Die Sätze rauschten vorbei.

Ich wollte schreien: »Nein, bestimmt nicht!«

Aber ich konnte es irgendwie nicht.

Ich kratzte an einem der feuchten Flecken.

»Vielleicht –«, sagte ich nur, ohne zu wissen, wie ich den Satz beenden sollte.

»Ich glaube nicht«, erwiderte Christoph.

Er sagte es sehr ruhig und klar.

»Du bist ab jetzt jede Woche unterwegs. Ich glaube nicht, dass wir es dann schaffen, noch einmal zueinanderzufinden.«

Stumm krochen wir in die Palmenbettwäsche, die aus seinem Kinderzimmer stammte. Am nächsten Morgen nahm ich den Koffer. Den Schlüssel ließ ich auf dem Tisch.

19

Nachdem sie den Hörer aufgelegt hatte, schleifte Susanne mich in die Küche, wo Hajo dabei war, Kartoffeln zu kochen.

»Jetzt hilf doch auch mal beim Vorbereiten! Mitessen willst du ja schließlich auch. Hier, das Brot muss geschnitten werden – oder warte, das ist noch nicht aufgetaut, nimm lieber erst mal die Essiggurken, ich kümmere mich um die Mayonnaise.«

Sie krempelte die langen Ärmel ihres Wollpullovers hoch, die wie übergroße Flügel über ihre Arme fielen. Ihre Armreifen klapperten aneinander. Sie konnte noch so viel meditieren – Ruhe würde sie nie verbreiten.

Ich zog mein Smartphone aus der Tasche, um kurz nach meinen E-Mails zu sehen.

Da hatte Susanne es sich schon gegriffen.

»Susanne, bitte! Was soll das denn!«

Sie drehte es, drückte auf die Tasten, streckte den Arm und hielt es hoch. Ich reckte mich danach wie ein Kind, dem man sein Spielzeug genommen hat.

»Das hier ist also das Quengelding, das du Tag und Nacht mit dir herumträgst? Das kann doch nicht gesund sein, Süße!«

Schnell riss ich das Smartphone an mich.

»Susanne!«

Wer redete hier von gesund! Sie hatte doch wieder

heimlich geraucht, der Teergeruch lag noch in ihrem Atem. Wahrscheinlich schlich sie zwischendurch nach draußen, damit Hajo sich vormachen konnte, dass er ja nichts davon ahnte.

Und dieses überlegen erleuchtete Lächeln!

»All diese Strahlen, die da rauskommen! Nur weil man sie nicht sehen kann, heißt das nicht, dass sie nicht da sind. Rüdiger sagt, das ist ziemlich gefährlich – niemand kennt bisher die Langzeitfolgen. Und nervt es nicht, wenn es dauernd klingelt? Ich glaube, mich würde das wahnsinnig machen.«

Die Armreifen klackerten im Takt, den sie mit ihren Gesten vorgab.

»Ich meine, was ist das für ein Leben? Als wir in deinem Alter waren, da habe ich einfach herumgejobbt, und Hajo hat auf dem Bau ausgeholfen. Wir haben uns keine Gedanken gemacht, ob wir damit Karriere machen. Aber wir haben damals gelebt!«

Aus den kleinen Faltennestern blickten noch immer die Katzenaugen. Die grünen Sprengsel leuchteten. Wie jung und naiv diese Augen aussahen! Sie waren unbeschadet geblieben, nur Müdigkeit hatte sie getrübt, Unzufriedenheit hatte sie überschattet aber sie waren nie hart geworden.

Sie hatten es ja nie gemusst! Sie hatten niemals Stärke zeigen und für andere undurchdringlich werden müssen, um ihre Unsicherheit zu verbergen. Schließlich war Hajo immer da, fast ihr Leben lang, bis heute. Letztendlich ist er es gewesen, der sich um alles gekümmert hat.

»Ach ja, die guten alten Zeiten!« Nun war ich aber wirklich in Rage. »Wahrscheinlich hast du im Gras gelegen und dir das Gehirn weggekifft. So lange, bis nichts mehr davon übrig war. Aber egal, du hast ja gelebt!«

Fast hörte ich ihre Lunge rasseln, so tief holte Susanne Luft. Womöglich für ein inneres Om, mit dem sie sich zu beherrschen versuchte.

Dann legte ich eben noch einen drauf: »Ihr habt Blumen geraucht und Pilze gegessen, und zwischendurch habt ihr wild gevögelt. Und das Geld wuchs auf den Bäumen. Ein Hoch auf eure fantastische Jugend!«

Für einen Moment war es still geworden. Ich wartete gespannt darauf, dass Susanne mir etwas entgegenkeifte.

Doch stattdessen schaltete Hajo sich ein, der bislang nur zugehört hatte, während er die Küchenmesser über einen Wetzstein zog.

»Geht doch gar nicht darum, Kind. Wir beide machen uns einfach nur Sorgen, weil du so viel arbeitest.«

Susanne nahm das sofort auf.

»Ich hab dich noch nie so gehetzt gesehen. Als würdest du ständig unter Strom stehen. Gleichzeitig wirkst du so abgespannt. Es kann doch nicht gut sein, wenn du nicht mal an Weihnachten zur Ruhe kommst. Das können die doch nicht von dir verlangen. Und wenn, ich meine, bist du sicher, dass es das Richtige für dich ist?«

Mein linkes Knie zitterte plötzlich so heftig, wie es mir manchmal passiert, wenn ich einen Vortrag halte.

»Ich will eben etwas erreichen, versteht ihr? Ich will nicht auf dem Land hocken bleiben und darauf warten, dass ich geheiratet werde. Ich will vorankommen, etwas aus mir machen!«

»Du brauchst unbedingt eine Pause.«

»Ich bin doch hier.« Ich versuchte zu lachen, aber nun zitterte auch meine Stimme.

Der Zimmerbrunnen plätscherte, der Kaktus am Fenster blühte so üppig, dass ich ihm die Blüte abreißen wollte.

Und dann schrie ich – schrie richtig schrill, mit der letzten Kraft, die ich hatte: »Ihr habt doch überhaupt keine Ahnung, wie das heute alles ist!«

Ich habe gelernt, meine Schultern zu senken, um überzeugender zu wirken. Ich habe gelernt, ruhige Gesten zu machen, um meine Worte zu betonen. Ich habe – was habe ich geübt, um gute Präsentationen zu halten! Erst im Seminar in der Arbeit, dann zu Hause vor dem Spiegel.

Und nun stand ich mitten in der Küche, und kein Plätschern der Welt konnte mich beruhigen. Ich fauchte meine Eltern an mit gekrümmten Schultern und dünner Stimme.

»Wenn ihr wüsstet, was ich alles leisten muss! Das ist nicht so einfach wie damals bei euch, als jeder gemacht hat, was er wollte! Die Zeiten sind doch lange vorbei, in denen man Taxi fahren konnte und später trotzdem noch was wurde. Das schlägt sich alles im Lebenslauf nieder! Man muss sich ranhalten, von Anfang an, sonst ist der Zug ganz schnell abgefahren!«

Susanne sah mich ruhig an.

»Wer verlangt so viel von dir?«

»Alle!«, flüsterte ich. »Die Gesellschaft! Das ist heute eben so!«

»Die Gesellschaft?«, sagte Hajo. »Bist das nicht vor allem du selbst? Hast du mal darüber nachgedacht, wer dir eigentlich diesen Druck macht?«

»Wer hat sich denn dafür entschieden, unbedingt Karriere zu machen, und dann noch bei dieser irren Firma!«, fiel Susanne ihm ins Wort. »Wir haben vielleicht nicht alles erreicht, was wir uns einmal vorgestellt haben. Aber dass das auf deine Art geht, das bezweifle ich doch sehr!«

Ich war auf den Fliesen festgewachsen. Abwehrend hob ich meine Hände, aber sie wischten nur durch die Luft. Ich musste dem etwas entgegensetzen!

Da lag das Brot, ein großer Laib. Fest griff ich nach dem Messer daneben.

Ich würde kein einziges Wort mehr sagen! Sie konnten mich sowieso nicht verstehen. Ich würde einfach das Brot aufschneiden, damit sie mir nicht mehr vorwerfen konnten, dass ich mich nicht beteiligte.

Die Rinde war hart unter meinen Fingern, das Messer kratzte an der Kruste. Sollte dieser Laib erst noch auftauen? Jetzt fiel mir auch auf, dass es eigentlich gar nicht das richtige Messer war.

Und wenn schon! Es würde wohl hineingehen! Ich musste nur kräftig dagegendrücken.

Da hörte ich wieder den kleinen Walzer, der mich jedes Mal aufschrecken ließ.

Das Messer rutschte. Es rutschte vom Brot, und plötzlich war es in meiner Hand. Rot tropfte etwas von seiner Schneide. Woher kam auf einmal das Blut?

Das Smartphone glitt über das Brett, das Display wanderte über die Kante, begleitet von der Melodie.

Ein Klirren. Das Smartphone lag auf den Fliesen.

Wie durch Watte Susannes Stimme.

»O Gott, Süße, was ist denn passiert?«

Und plötzlich öffneten sich alle Schleusen, das Wasser rann über mein Gesicht, es tropfte in das Blut auf dem Boden. Ich spürte ein Brennen auf der Hand, dann wurde es schwarz vor meinen Augen.

Ist Ihnen inzwischen klar, was passiert ist?«

»Jaja.«

Ich senke meinen Kopf.

Der Therapeut sieht mich fest an.

»Ja«, sage ich und hole tief Luft. »Ich bin da wohl zusammengebrochen.«

Jetzt stehen die Worte tatsächlich im Raum.

Er wendet seinen Blick nicht von mir.

»Ist Ihnen wirklich bewusst, was das heißt?«

Eindringlich spricht er auf mich ein:

»Sie können von Glück reden, Frau Forster, dass Sie davongekommen sind. Man kann sich mit so was viel stärker verletzen, und damit meine ich nicht nur das Messer. Wissen Sie, wie viele Fälle es gibt, bei denen jemand am Schreibtisch umfällt?«

»Die waren aber sicher älter«, ist es mir auch schon entfahren.

»Ja, aber nicht so alt, wie Sie denken. Herzinfarkte kommen auch schon bei Vierzig-, Fünfzigjährigen vor. Wenn Sie nicht zusammengebrochen wären und erkannt hätten, dass Sie nicht mehr können – wer weiß, wie es Ihnen dann in zehn oder fünfzehn Jahren ginge?«

Er erinnert mich an Hajo, der an Heiligabend genauso ernst war. Vielleicht liegt es an seiner ruhigen Stimme. Oder aber auch nur am Bart.

»Deswegen ist es so gut, dass Sie hier sind. Um die Ursachen zu erkennen.«

»Aber, ich meine – das sind doch Strukturen –«

»Haben Sie schon einmal überlegt, warum Christoph dann so viel lockerer ist? Er steckt doch in denselben Strukturen wie Sie, Frau Forster, oder nicht?«

»Ja, aber – Christoph ist eben Christoph. Er ist mit weniger zufrieden. Er kann das ja irgendwie auch, ich meine –«

»Und warum können Sie das nicht?«

Er legt die Hände flach auf den Tisch.

»Ich will Ihnen nicht Ihren Ehrgeiz nehmen. Aber etwas daran erscheint mir ungesund. Und ich frage mich, ob es vielleicht etwas mit jenem Sommer zu tun hat.«

Er steht auf und geht zum Fenster. Mein Blick folgt seinem in den Park, wo sich die ersten Blätter zeigen.

Wie lange bin ich inzwischen schon hier? Lange genug, dass die Bäume draußen aus der Kälte erwachen konnten. Auch wenn ich kaum auf den Stundenplan blicke, der auf meinem Nachttisch liegt, merke ich, wie die Zeit vergeht.

Wir haben über vieles gesprochen, über noch mehr habe ich nachgedacht. Nur von Elenas Sommer habe ich bisher nicht alles erzählt.

»Sie müssen mir nicht sofort antworten. Nehmen Sie meine Frage mit. Sie haben ja ein bisschen Zeit, bis wir uns hier wiedersehen.«

Der Therapeut nickt mir aufmunternd zu und weist mit der Hand zur Tür. Fast automatisch folge ich und schließe sie leise hinter mir.

20

Am Abend vor dem Tag des Unfalls kam Hajo früher als sonst herein. Keiner hatte mit ihm gerechnet, weil er sich fast nicht mehr blicken ließ.

Kaum hatte er morgens Kaffee getrunken, verschwand er bereits in seinem Büro, und nachmittags war er auf dem Bau oder suchte nach neuen Objekten. Die Mühle, die er renovierte, war maroder als angenommen, gleichzeitig sollte er ein Haus für ein Münchener Ehepaar finden.

Vor allem aber lief er davon.

Er floh vor dem Staub auf den Fensterbrettern, vor den Krümeln, die auf den Fliesen klebten. Er floh vor unserem Küchentisch, auf dem sich Briefe und Rechnungen türmten. Er floh vor dem, was Susanne als ihre Migräne bezeichnete. Manchmal wirkte es, als sei ein grässliches Ungeheuer zu Besuch.

Immer öfter blieb sie in ihrem Zimmer und zog die Vorhänge vor die Sonne. Zusammen mit dem Ungeheuer verharrte sie in der dämmrigen Höhle. Wenn sie aufstand, klebte ihr Haar am Kopf. Es sah aus, als hätte sie sich im Kampf mit dem wütenden Lindwurm verausgabt.

An dem Abend lehnte sie in der Küche an einem der Fensterbretter. Die Sonne stand hinter ihr wie ein Ball, in dem Glühen wirkte ihr Lächeln entrückt. Sie hatte aufgehört, sich zu schminken, und ihre Wangen glänzten fettig. Ihr Morgenmantel war zerdrückt, hellblaue Blüten auf billiger Seide, sie hielt ein Weinglas in der Hand, in dessen Stiel sich die Strahlen brachen.

Als er sie sah, zuckte Hajo zusammen. Stumm ging er an ihr vorbei zum Tisch.

Elena kniete auf einem Stuhl und säbelte an einem Brotlaib herum. In einer roten Plastikdose schwitzten ein paar Fleischwurstscheiben.

Hajo runzelte die Brauen.

»Das soll ein Abendessen sein?«

Elena zuckte mit den Achseln.

»Haben wir denn sonst nichts zu essen? Nicht einmal den Tisch habt ihr gedeckt.«

Matt kam der Seufzer aus der Ecke:

»Du bist ja sowieso nie da.« Susannes Stimme war ein Krächzen. »Woher hätten wir denn wissen sollen, wann du zu Abend essen willst?«

»Ich verlange wirklich nicht viel«, sagte Hajo. »Wär einfach nur schön, wenn wir abends zusammen an einem gedeckten Tisch sitzen könnten, auf dem etwas mehr steht als dein Wein und eine Dose mit altem Aufschnitt.«

»Du bist doch nie da!«, wiederholte sie.

Hajo kam nun nicht mehr umhin, das Häuflein in der Ecke zu mustern.

»Wie viel hast du getrunken, Susanne?«

»Das hat doch damit nichts zu tun! Aber wenn du so spät heimkommst, wie soll ich mich da noch um irgendwas kümmern? Du suchst dir doch meistens was zusammen. Und Elena macht sowieso, was sie will!«

Sie nahm noch einen Schluck aus dem Glas. Der Kelch war fleckig von Wassertropfen.

Hajo nahm die Flasche vom Tisch und drückte den Korken in den Hals.

»Ich arbeite den ganzen Tag.« Hajo betonte jedes Wort. Es war eine beherrschte Ruhe, die nur mit Mühe die Wut zurückhielt.

»Ich arbeite den ganzen Tag. Und wenn ich mir dann einmal wünsche, dass diese Familie zusammensitzt – es wird doch wohl noch möglich sein, dass wir abends gemeinsam essen!«

Der Mantel sackte in sich zusammen wie eine verwelkende Zimmerpflanze. Die Seidenblumen raschelten leise.

»Es geht mir nicht gut«, flüsterte Susanne.

»Dann tu doch endlich was dagegen!«

»Was soll ich denn tun!«

»Ja, was weiß ich! Du bist es doch, die alles schwierig findet!«

Elena lehnte sich zurück. Ihr Stuhl stand jetzt nur noch auf zwei Beinen. Sie hielt sich an der Tischplatte fest und kippelte vor und wieder zurück.

»Ich«, sagte Hajo, »arbeite.«

Tick-tick. Das Holz schlug auf den Boden.

Da lachte Susanne auf einmal laut auf.

»Du arbeitest! O ja, das tust du! Du verwirklichst dich in diesen Häusern – ach, dieser kunstvoll geschnitzte Giebel und so ein herrlicher Vierkanthof! Da kann man viele Jahre reinstecken! Aber was wird dabei aus mir? Hast du schon einmal überlegt, was ich in dieser Einöde mache?«

Ihre Stimme war jetzt hoch und schrill.

»Wir kommen aus diesem Kaff kaum noch raus!«

»Aber wir fahren doch in den Urlaub.«

»Ha, nach Italien und Kroatien – was für hochexotische Ziele! Wie lange ist es inzwischen her, dass wir zusammen in Indien waren? Seit wir in diesem Provinznest sitzen, baust du doch nur noch das Geschäft aus.«

Die beiden waren wie zwei Sphinxen, die sich mit ihren Blicken fixierten. Jeder, der dazwischengeriete, würde von ihren Blitzen getroffen. Doch sie hatten nicht mehr die Kraft zu töten, dafür waren sie längst zu müde. Sie konnten nur noch alte Wunden aufreißen.

»Wer von uns beiden verdient denn das Geld? Hast du eine Ahnung, wie ich schufte? Mit deinen Schüsseln und Figuren kämen wir nicht mal bis zu den Alpen!«

Susanne schnappte auf einmal nach Luft, als hätte Hajo sie geschlagen. Dann griff sie plötzlich nach der Vase, die neben ihr auf dem Fensterbrett stand.

Es war eine ihrer selbst gemachten. Sie war blau; ein Mädchen mit Sommersprossen rutschte über den Henkel hinunter. Susanne schleuderte sie auf den Boden. Es klirrte, als sie dort zersprang.

Susanne wankte aus der Küche. Hajo sah ihr zögernd nach. Dann erhob er sich ebenfalls und ging langsam hinterher.

Elenas Stuhl kam mit einem Klacken wieder an den Tisch zurück. Eine Weile saß sie nur da und lauschte, wie das Bersten nachhallte. Dann bückte sie sich nach einer Scherbe, die neben sie gefallen war, und legte sie zögernd auf den Tisch. Ein Stück nach dem anderen sammelte sie vom Boden auf.

Nur mühsam hielt sie die Wut zurück, das Beben in ihrem Inneren. Was wusste Hajo denn überhaupt. Begriff er, was mit Susanne los war?

Erst vorhin hatte sie die Tür zu Susannes Schrank geöffnet. Sie hatte Bettwäsche gesucht. Da standen sie vor ihr auf dem Boden: zwanzig, fünfzig, Hunderte Flaschen? Die

Hälse verbargen sich zwischen den Kleidern, eine Wolke aus Alkohol schlug ihr entgegen. Erschrocken hatte Elena die Türe wieder zugeworfen.

Sie hatte den Schlüssel im Schloss umgedreht, als könnten sie dadurch wieder verschwinden. Aber sie wusste, das würden sie nicht. Es würden sogar immer mehr.

Auf dem Küchentisch lag inzwischen ein ganzes Mosaik aus Scherben. Dazwischen, wie eine unförmige Murmel, der Kopf der kleinen Tonfigur. Er war sauber vom Hals abgesprungen, wo Susanne ihn angeklebt hatte. Langsam rollte er zur Seite, dann blieb er auf einer Wange liegen.

Elena ging in ihr Zimmer und legte sich, noch in Kleidern, ins Bett. Über ihr schaukelten die Rosen, die sie zum Trocknen aufgehängt hatte. Ihr Rot wurde dunkler, bis es fast schwarz war, die Knospen schienen sich fester zu schließen.

Eine Rose fiel von der Decke. Sie weckte den Elefantengott, der von dem Poster an der Wand blickte. Langsam rollte er den Rüssel und schnaubte durch die Nasenlöcher. Dann bewegte er seine vier Arme, und plötzlich begannen in seinen Händen kleine Weinflaschen zu wachsen.

Sie keimten wie winzige grüne Blätter und sahen zunächst wie Gurken aus, doch bald wurden die Hälse länger, und die Bäuche wölbten sich. Die fertigen Flaschen brachen vom Stängel, der Elefant warf sie in die Luft und fing an, mit ihnen zu jonglieren.

Elena kroch unter die Decke.

»Das geht nicht!«, rief sie. »Da fließt alles raus!«

Da lachte der Elefantengott laut.

»Siehst du denn nicht, dass sie alle schon leer sind?«

21

Am nächsten Morgen war Susanne sogar um sieben aufgestanden.

Das Hemd lag lose über den Schultern, die Hälfte ihrer langen Haare war mit einer Spange zurückgesteckt.

Als Elena in die Küche kam, war sie dabei, die Scherben zu ordnen.

»Guten Morgen, meine Süße.«

Elena ließ ihre Tasche auf einen der Küchenstühle gleiten. Der Kopf der Tonfigur stierte sie an. Ungeschickt griff Susanne danach und ließ ihn in ihrer Hand verschwinden.

»Na, Süße, was steht heute an?«

Ihre Fröhlichkeit klang bemüht.

Elena schwieg beharrlich weiter. Sie nahm ein Blatt aus ihrer Tasche und tat, als müsste sie noch lernen.

»Hast du heute eine Prüfung?«

Elena sah an ihr vorbei. Sie heftete ihren Blick auf die Uhr.

Und dann sagte sie den Satz, an den sie noch lange denken würde.

Ach, hätte sie sich doch zusammengerissen! Hätte sie ihren Ärger hinuntergeschluckt und Susanne einfach etwas erzählt. Nichts Großartiges, sicher nicht von Christoph, dessen Kuss sie noch immer nicht einordnen konnte. Auch nicht von Mone, die ihre Pausen immer öfter mit anderen verbrachte.

Nur ein bisschen von den Proben, von dem Spaß, den sie auf der Bühne hatte. Susanne hätte sich wohl gefreut. Und der Tag wäre vielleicht anders verlaufen.

Aber Elena hatte genug, seit sie die Flaschen gefunden hatte. Sie konnte Susanne nicht mehr ins Gesicht sehen, geschweige denn, etwas mit ihr teilen.

»Was soll denn das jetzt?«, sagte sie. »Seit wann interessiert dich, was ich mache? Geh einfach wieder zurück ins Bett. Ich komm hier schon allein zurecht.«

In ihren Augen lag ein Funkeln.

Susanne wich einen Schritt zurück.

Elena ignorierte die Hand, die Susanne ihr entgegenstreckte, stürmte wortlos an ihr vorbei und war bereits zur Tür hinaus.

Ich stelle mir vor, wie Susanne dasteht, in der Mitte des Raumes, wie angewurzelt. Die Arme hängen von ihren Schultern. Der Kloß im Hals nimmt ihr die Luft.

Sie muss den Alkohol noch gespürt haben, den sie am Vortag getrunken hatte. Ich sehe das Weinglas neben der Spüle, es ist immer noch halb voll. Sie dreht den Stiel zwischen ihren Fingern, überlegt, ob sie weitertrinken soll. Dann lässt sie den Wein ins Becken schwappen.

Ihre Fingerspitzen kribbeln. Sie krampft ihre Hand um den grauen Lappen und wischt damit ein paar Krümel vom Herd, schüttelt ihn über der Spüle aus, in der noch das rote Rinnsal versickert.

Irgendetwas muss sie machen! Sie kommt sich so furchtbar unnütz vor. Einkaufen? Wenn sie nur wüsste, was genau sie besorgen soll.

Etwas riecht faulig. Der alte Lappen. Wann hat sie ihn zuletzt gewechselt? Er klebt bereits an ihren Fingern. Susanne schleudert ihn weit von sich.

Da ist noch der Tonblock in der Werkstatt, der darauf wartet, etwas zu werden. Nein, an ihn will Susanne nicht denken!

Vielleicht fällt ihr etwas Neues ein. Nicht mehr Keramik, sondern – Wolle? Oder soll sie zu nähen beginnen? Kissen häkeln, Glasschmuck basteln?

Was für bescheuerte Ideen!

Susanne öffnet eines der Fenster. Doch sie hat nicht mit der Hitze gerechnet, die nun von der Wiese hereindringt. Die glühende Wand wirft Susanne fast um. Panisch schlägt sie die Läden zu.

Sie flüchtet tiefer in den Flur, wo es kühl ist und die Dunkelheit ihre pochenden Schläfen beruhigt. Dort setzt sie sich auf eine Stufe und klammert sich ans Treppengeländer.

Auch das Ungeheuer ist wieder da. Es wird größer mit jedem Besuch. Es sieht sich um und bläht sich auf und beginnt ihr Sorgen einzuflüstern: Das Haus muss dringend gestrichen werden, die Fliesen über dem Herd muss man putzen, die Garderobenhaken im Flur verschwinden schon unter den Wintermänteln. Sieht sie denn nicht den Staub auf den Borden und die Dreckspritzer an der Wand? Von dem Dachboden ganz zu schweigen, und die alten Marmeladen im Keller –

Susanne stöhnt auf. Da ist so vieles, was unbedingt getan werden muss! Sie weiß nicht, womit sie anfangen soll.

Mit allem!, faucht das Ungeheuer. Es presst Susanne in die Ecke und legt seine Klauen um ihren Schädel. Fett hockt es neben ihr, fast auf ihr.

Ihr bricht der Schweiß aus, aus jeder Pore, die Kopfschmerzen werden unerträglich. Mühsam stemmt Susanne sich auf und schleppt sich in ihr Zimmer zurück.

In der Schublade findet sie die Tabletten, die der Arzt ihr verschrieben hat. Sie drückt ein paar davon aus der Packung und spült mit etwas Rotwein nach.

Und schon hier würde ich gern innehalten und Susanne auf dem Bett sitzen lassen – nein, sie unter die Decke stecken und diese dann fest um sie stopfen.

Kaum fange ich an, den Tag zu ordnen, fallen mir all die Momente auf, in denen es möglich gewesen wäre, das, was passiert ist, zu verhindern.

Wieder kauere ich am Fenster. Fast wundert es mich, dass sich in dem Stein noch keine Kuhle gebildet hat. Ich habe ihn ziemlich abgesessen in den Wochen, die ich schon hier bin.

Ich schlinge die Arme um mein Knie, das Einzige, was ich festhalten kann. Mein Kopf wird schwer, er sinkt nach unten, als könnte ich mich in mir selbst verstecken.

Wie viele dieser Momente gab es! Wie oft hätte sich alles wenden können, und es wäre nicht zu dem Unfall gekommen. Wenn ich es bloß noch ändern könnte, während ich jetzt davon erzähle!

22

Wäre Elena nach der Schule doch einfach sofort nach Hause gefahren! Hätte sie ihr Rad genommen und wäre gleich zurückgeflitzt.

Doch das ist ihr nicht in den Sinn gekommen. Der Nachmittag lag noch vor ihr, ein ganzer freier Nachmittag, und sie dachte nicht daran, zu Susannes Problemen zurückzukehren.

Man konnte so viel mit der Zeit anfangen! Sich ins Gras setzen, unter einen Baum, der irgendwo am Wegrand stand, rauchen, ein Reclam-Bändchen lesen – das war ein Bild, das ihr gefiel. Oder sie könnte ins Schwimmbad gehen und endlich vom Dreimeterturm springen, den Kopf voran, sie würde sich trauen, es war ein Tag für solche Dinge! Vielleicht käme Christoph sogar vorbei. Er könnte sein Handtuch neben sie legen. Sie würden eine Tüte Pommes teilen, und ihre Finger würden sich streifen …

Elena stieß die Schultür auf, der weiße Tag strahlte ihr entgegen. Für einen Moment sah sie nur Umrisse, wie auf einem überbelichteten Bild.

Sie hatte Lust, über den Teerplatz zu hüpfen und ihre Docs dabei von sich zu schleudern, die Zehen fest in den Teer zu drücken, der dort wieder weich geworden war, wo man ihn im Frühling erneuert hatte. Ihre Fußsohlen würden verglühen, doch das war egal, sie wollte spüren, dass sie von außen und innen brannte!

Doch die Hitze war stärker als gedacht. Sie dämpfte Elenas Überschwang. Elena ließ sich von ihr umhüllen, während sie langsam aufs Schultor zuging. Traumwandlerisch kreiste ihr Blick um die Linden, die zu jung waren, um Schatten zu spenden. Er glitt durch die kugelrunden Wipfel, an denen die Blüten bereits verdorrten, und weiter über die Säule am Tor und hinaus in den blauen Himmel.

Zwei Fünftklässler kamen angerannt, rot im Gesicht und außer Atem. Sie waren wohl auf dem Weg zum Bus und blickten weder nach rechts noch nach links. Einer der beiden rannte dabei fast in Elena hinein. Er streifte sie, sie taumelte, so sehr war Elena in Gedanken.

Ach, hätte er mehr Schwung genommen! Hätte er sie nur umgerannt! Sie wäre auf einen Stein gefallen, und ihr Knie wäre aufgeplatzt. Sie wäre ins Krankenzimmer gehumpelt, man hätte Susanne angerufen, man hätte Susanne vielleicht noch erreicht. Da wäre nur eine Narbe geblieben, die irgendwann weiß geworden wäre, und Elena hätte es leidgetan um den verlorenen Nachmittag.

Aber Elena fing sich wieder. Ja, sie fluchte nicht einmal, dafür war es schlicht zu heiß. Und die beiden rannten weiter, ihr aus den Augen und aus dem Sinn.

Und da saß Moritz. Auf dem Parkplatz, zwischen den abgestellten Rädern. Er kniete auf den Pflastersteinen und schraubte an seinem Motorrad herum; die Jacke hatte er untergelegt, sein Shirt war ebenso dunkel wie sie.

Elena überlegte, umzukehren, das Zittern im Magen zu umgehen. Sie hatte ihn schon fast vergessen, und eigentlich war es gut gewesen. Er hätte nur Verwirrung gestiftet, jetzt, da Claude aufgetreten war. Nein, nicht Claude – Christoph natürlich, der vor den Proben auf sie wartete. Er hatte sich nicht wieder getraut, sie auf der Bühne zu berühren. Aber sie hatten die eine Szene auch kein zweites Mal geübt.

Elena blieb unschlüssig stehen.

Komm schon, Elena, dreh dich um! Was hat Moritz hier auch zu suchen! Er gehört doch gar nicht an diese Schule, er hat gar kein Recht, dort zu sein, während du über den Teerplatz läufst. Lass ihn an seinem Motorrad schrauben, er interessiert dich doch nicht mehr!

In diesem Moment sah Moritz schon auf.

Er konnte sie nicht in Ruhe lassen. Und wie er ihr das Bein gestellt hatte, so selbstverständlich sagte er jetzt:

»Na, hast du Lust auf eine Tour.«

»Warum nicht?«, sagte Elena.

Ich kann nicht verhindern, dass es ihr herausrutscht, noch während ich davon erzähle. Der Nachmittag war gar so schön, warum sollte sie ihn nicht so verbringen?

Ein kleiner Stich in ihrer Brust ließ sie noch einmal kurz zögern. Aber er war so schwach, dass sie ihn im nächsten Moment vergessen hatte.

Schon saß Elena hinter Moritz und klemmte ihr Blümchenkleid zwischen die Beine. Nur eine Mutter lag noch verloren zwischen den kahlen Ritzen der Steine.

Moritz trug seine Lederjacke, Elena nur ihr dünnes Kleid.

»Es ist so heiß, du frierst bestimmt nicht«, sagte er, und das stimmte natürlich; auch dass er keine Helme hatte, musste Elena nicht weiter verwundern. »Wie soll man sonst den Fahrtwind genießen.«

Sie rollten bereits um die Schule herum und waren schnell am Schwimmbad vorbei. Der Geruch nach Fett wehte über die Hecke.

Was, wenn Christoph dort auf der Wiese war und vergebens nach Elena Ausschau hielt? Ach nein, er hatte ja gar keine Zeit, er musste zu Hause beim Heuwenden helfen. Seine Eltern waren streng, was das anging. Er schien ihnen das nicht übel zu nehmen.

Absteigen war ohnehin nicht mehr möglich. Die Ampel hatte auf Grün geschaltet. Die Häuser und Vorgärten verschwanden, der Mittelstreifen glitt schneller vorbei.

Der Weg war eben, es kamen kaum Autos. Eine Weile rollten sie einfach dahin, bis hinter der Kuppe ein Mähdrescher auftauchte. Moritz fuhr eine geräumige Kurve.

»Ich fahr doch sicher nicht zu schnell.«

»Bestimmt nicht.«

Es ging doch gerade erst los. Er würde schon wissen, was er tat. Wie Elenas Haare im Wind zerzausten!

Sie flogen zwischen den Feldern hindurch, die Blüten der Wicken stieben auf, es duftete süß nach Heckenrosen und nach dem Benzin der Landmaschinen. Elena hielt sich mit beiden Händen an Moritz' Lederjacke fest. Sie presste die Lippen aufeinander, damit die Fliegen, die ihnen entgegenschossen, nicht in ihren Mund gelangten.

Dann neigte sich die Straße nach unten, sie sausten hinab in einen Wald. Moritz legte sich in die Kurven, der Schotter spritzte meterweit.

Der Feierabendverkehr wurde dichter, Abgase lagen in der Luft. Moritz schlängelte sich behände von einem Autoheck zum nächsten.

Er scherte aus und fädelte ein und ignorierte den Gegenverkehr. Hajo schimpfte auf diesen Fahrstil. Seine Worte klangen in Elenas Ohr.

»Wenn da plötzlich einer vor dir auftaucht! Du rechnest einfach nicht damit! Die hängen in deinem toten Winkel, und dann hast du sie vor der Motorhaube –«

Wieder ein Waldstück. Elena fror. Der Fahrtwind war unmerklich kälter geworden. Sie bogen soeben in die Kurve, als ihnen das Auto entgegenkam.

Es flimmerte wie eine Fata Morgana, auf einmal war es einfach da, es war neben, nein, es war direkt vor ihnen – wer hatte diese Kurve geschnitten? Sie standen einander gegenüber, sie fuhren aufeinander zu, Lenker gegen Spoilerhaube, beide auf ein und derselben Spur. Sie würden sich ineinander verkeilen, und wer der Stärkere war, war klar. Auf einmal war der Geruch von Heu so intensiv wie nie zuvor.

Und plötzlich eine neue Idee: Es könnte hier einfach zu Ende sein.

Das ist es doch, was eine Geschichte braucht: ein dramatisches, aber sauberes Ende. Die Hauptperson stirbt – wie furchtbar traurig. Und gleichzeitig aber auch: wie beruhigend. So kann ihr nichts mehr passieren.

Ich gleite vom Fensterbrett hinunter, meine Füße finden den Boden. Ich halte mich an der Heizung fest, ich presse die Finger in die Nischen und spüre die leichte Wärme, das Pochen, als ob ein Herz in den Rohren schlüge.

Noch ist nichts kompliziert oder schwierig, noch hat Elena niemanden enttäuscht. Wenn ich hier einfach abbrechen könnte und dem Auto den Rest überlassen!

Elena bliebe jung und schön, so wie ich sie beschrieben habe. Jeder könnte sich selbst ausdenken, was wohl aus ihr geworden wäre.

Im Spiegel über dem kleinen Waschbecken nicke ich meinem Schatten zu. Vor den Fenstern draußen hat sich die Dämmerung herabgesenkt.

Sie taucht mein Zimmer in einen Nebel. Die Möbel haben die Kanten verloren, der Teppich scheint auf dem Boden zu schwimmen. Ich hüte mich, das Licht anzumachen. In dieser verwunschenen Schemenwelt erscheint mir weiterhin alles möglich.

23

Moritz zog die Maschine zur Seite. Sie rutschte auf den Tannennadeln, die auf der Straße getrocknet waren, der Asphalt schrammte an Elenas Bein, und sie spürte seine Hitze. Reifen quietschten, welche auch immer, es ging alles viel zu schnell, als dass Elena hätte sagen können, woher die Geräusche kamen.

Sie schlitterten auf dem Bankett entlang. Der Scheitelpunkt lag bereits hinter ihnen, sie mussten einfach weiterfahren. Das Motorrad lag noch immer schief, aber sie blieben – blieben oben.

Und dann gleitet alles ineinander.

Da war das Haus, vor dem sie parkten, die Pressbeton-Platten auf der Terrasse, der Schatten der zerrupften Tanne. Die alterslose Frau daneben und ihre gelben Spülhandschuhe, der gebückte Rücken in der Schürze. Sie blickte nur kurz auf und nickte.

Der dunkle Flur, in dem die Schränke das letzte Tageslicht verschluckten, der Geruch nach alter Hühnerbrühe, die Stufen zu Moritz' Kinderzimmer. Die lauten Bässe, das Geschrei aus seiner riesigen Stereoanlage, der Schatten der Frau vor der Gardine, die unbeirrt ihre Malven goss.

Das Beben der alten Schaumstoffmatratze, die Würfel der blauen Karobettwäsche, die sich unter Moritz' Gewicht leise spannten. Plopp-plopp zersprangen die kleinen Perlchen, die Elenas Kleid auf dem Rücken schlossen, sie hüpfen nach allen Seiten davon, schon rutschte der Kragen von ihrer Schulter. Wie Kirschkerne, dachte Elena, lagen die Brustwarzen auf ihrer Haut, Kirschkerne, die jemand abgelutscht hatte und an denen noch Fruchtfleisch hing.

Ich decke das Betttuch schnell darüber, über diese peinliche Szene. Schnell fahre ich mit den beiden weiter, auf dem Motorrad an den See, wo nun wirklich eine Party stattfand, wie Moritz es versprochen hatte.

Ein Feuer brannte auf der Wiese. Elena setzte sich auf eine Kiste. Und dann war Moritz plötzlich verschwunden, irgendwo in der Dunkelheit. Etwas stach Elena in die Brust, obwohl sie ihn doch zum Teufel wünschte.

Jemand hielt die Zigarette an die Flamme.

»Da stirbt ein Motorradfahrer«, sagte ein anderer.

»Warum?«

»Das sagt man eben so. Wenn man eine am offenen Feuer anzündet.«

Elenas Knie zitterten, so wie vorhin auf dem Motorrad.

»Willst du was trinken?«, fragte der Erste.

Sie griff nach der Flasche, die er ihr hinhielt, und ihr Bauch zog sich zusammen.

War der erste Schluck scharf, war der zweite schon süßer, und in der Brust wurde er sogar warm. Das Zeug brannte sie aus von innen, und genau das war es, was sie brauchte!

Es brannte das Auto weg, weg damit! Und Moritz' Blick vorhin, schräg von unten, fast hilflos über ihren Brüsten. Und dann die Fliege, die währenddessen über die Decke gekrochen war, unerschüttert über die Karos, obwohl die sich doch dauernd bewegten.

Noch einen Schluck. Er schmeckte gefährlich, doch Elena konnte nichts mehr passieren. Es war ganz einfach.

Sie trank alles weg, und es brannte, bis nichts mehr übrig war.

Sie lehnte sich auf der Kiste zurück – huch, da war ja gar keine Lehne. Der neben ihr lachte. Sie lachte auch und prostete ihm mit der Flasche zu.

Es war doch egal, was gewesen war. Es war doch alles nicht so schlimm. Die Welt schien ihr plötzlich so groß, hier am Feuer, und sie selbst versank darin.

Nur warum war Christoph plötzlich hier? Wer hatte ihn hierher eingeladen? Er sollte sie bloß nicht sehen, nicht jetzt! Schnell drehte sie sich von ihm weg.

Und was machte Mone hier? Sie hatte gar nichts davon gesagt. Und warum ging sie jetzt zu Moritz, der auf einmal wieder am Feuer saß?

Das konnte nicht sein. Das durfte nicht sein! Elena stürzte den Schnaps hinunter. Was hatte Mone bei Moritz zu suchen? Was sagte sie ihm gerade ins Ohr?

Es war alles zu viel. Elena stand auf. Mit dem Fuß stieß sie an eine leere Kiste. In ihrem Magen drehte sich etwas. Sie musste weg von dem beißenden Rauch!

»Wo willst du hin?«, hörte sie jemanden rufen.

Da rannte Elena auch schon. Bevor ihr jemand nachkommen konnte, stürzte sie sich hinein ins Dunkel.

Sie stolperte, raffte sich auf, rannte weiter, schmeckte Gallensaft in ihrem Mund. Nässe stieg aus den Grashalmen auf, Blätter wischten über ihr Haar. Es roch nach Moos und nach feuchter Erde, die Dunkelheit raschelte lauter als sonst. Glühwürmchen schwirrten durch die Luft, sie sahen aus wie Zigarettenspitzen.

Da war der Pfad zu dem kleinen Platz, wo Susanne früher gesessen hatte, die Zeitschrift vor sich auf dem Handtuch –

Elena rannte keuchend weiter.

Fast hätte sie den See übersehen. Ruhig und schwarz lag er jetzt vor ihr. Sie trat einen Schritt auf das Wasser zu, die Wellen schwappten an ihre Schuhe. Ein Fuß tappte sachte vor den anderen, bis ihre Knöchel im Wasser standen. Es sickerte langsam durch die Ösen, die Stille prickelte auf ihrer Haut.

Sie sah auf die leisen, dunklen Wellen, die dort, wo der Mond hinschien, silbern glänzten. Wie weiß und blass er am Himmel stand. Sein Anblick ließ sie die Kälte vergessen.

Nun hätte sie ihre Docs ausziehen können. Sie könnte das rechte Schuhband aufdröseln und danach das linke entknoten, mit der einen Ferse die andere halten, dann mit der Hand an der einen zerren. Wie der Schirm einer großen Qualle würde das Blümchenkleid sie umgeben, wenn sie auf den See hinausschwömme.

Elena blieb jedoch einfach stehen. Sie blieb dort stehen, mitten im Wasser, stand und blickte auf die Wellen und merkte kaum, wie ihre Socken aufweichten, wie das Wasser an ihnen zog und langsam nach oben gesogen wurde. Sie fühlte die Kälte der Nachtluft nicht, sie stand einfach nur da, regungslos.

24

Als Elena zum Ufer zurückkam, stand Christoph plötzlich hinter ihr.

»Ist alles in Ordnung?«, fragte er.

Elena schüttelte den Kopf, griente, dann fing sie an zu weinen.

Christoph zog seinen Pullover aus und legte ihn um ihre Schultern. Erst in dem Moment fiel ihr auf, wie sehr sie bereits gefroren hatte.

»Ich muss nach Hause«, flüsterte sie.

»Mein Rad steht da hinten«, sagte Christoph.

Sie spürte seine Hand auf dem Rücken, während sie über die Wiese schlurfte.

Sie machten einen Bogen ums Feuer, das inzwischen heruntergebrannt war. Leere Flaschen lagen im Gras. Elenas Augen suchten nach Mone, aber sie war nirgends zu sehen.

»Komm«, sagte Christoph und zog sie weiter, bis sie auf dem Parkplatz standen.

Er nestelte an dem Kettenschloss.

»Meinst du, das geht?«, fragte er schließlich.

Elena wusste nicht genau, ob er seinen Gepäckträger meinte, der nur wenig Sitzfläche bot, oder das Fahren in ihrem Zustand.

Christoph trat gleichmäßig in die Pedale, trotzdem schaukelte das Rad. Natürlich schnitten die Stangen ein, aber Elena sagte nichts. Sie klammerte sich an die Sattelfedern und wagte es nicht, Christoph zu berühren. Sie fühlte sich plötzlich so hundeelend, und diesmal nicht vom Alkohol.

Links und rechts flackerten Straßenlaternen, als könnten sie sich nicht entscheiden, ob es schon Zeit zum Verlöschen war. Die Blumen neigten sich über die Zäune. Die Rollläden waren noch geschlossen.

Elenas Beine wurden schwerer, sie konnte sie kaum mehr oben halten. Trotzdem dachte sie, diese Fahrt dürfte niemals zu Ende gehen.

Als Christoph vor dem Bauernhaus bremste, knirschte der Kies so laut wie nie.

»Schön habt ihr's hier«, sagte er.

Auf einmal war Elena wieder nüchtern.

»Danke«, sagte sie zum Boden.

Sie wäre am liebsten darin versunken. Sie wünschte sich, Christoph würde verschwinden. Und hoffte, er bliebe für ewig da.

Er wartete, während sie so tat, als ob sie nach ihrem Schlüssel suchte. Sie spürte seinen Schatten im Rücken und hätte ihn am liebsten umarmt.

Sie zerrte an dem Kapuzenpullover, aber Christoph winkte ab.

Er strich sich die Haare aus dem Gesicht.

»Behalt ihn, mir ist nicht kalt«, sagte er.

Es ist so feucht um mich herum.

Irgendetwas benetzt meine Wangen.

Als wäre da immer noch der See, aus der Geschichte übrig geblieben.

Doch das Nasse sind meine Tränen. Lautlos rinnen sie an mir herab. Ich will sie aufhalten, doch ich kann nicht. Sie laufen einfach immer weiter.

Ich liege in meinem Klinikbett und ziehe die Decke über den Kopf. Das Laken unter mir wird weich, ich sinke tiefer in die Matratze. Die Dunkelheit umfängt mich ganz und beginnt mich sanft zu wiegen.

Auch in mir ist etwas weich geworden. Als hätte sich ein Klumpen gelöst.

Ach, Elena – ich habe von ihr erzählt, als wäre sie eine andere Person, eine Schwester vielleicht oder eine Cousine. Ich habe nicht mehr viel gemein mit dem Mädchen in dem Hippiekleid.

25

Nun also fehlt nur noch der Unfall.

Eigentlich waren es sogar zwei. Zwei Unfälle an einem Tag.

Nur sind sie nicht Elena passiert.

Es war Susanne, die auf den Fliesen lag, unterhalb der letzten Stufen. Sie war die Treppe hinuntergestürzt. Das Ungeheuer hatte sie gestoßen.

Ihr Kleid, eines dieser weiten, dunklen, breitet sich um sie herum aus wie ein Fleck. Ihre Arme ragen heraus, als würden sie nicht zu ihr gehören. Ein Schweißfilm steht auf ihrer Stirn. Ihre Augen sind geschlossen.

Ich will dieses Bild nicht in meinem Kopf.

Ich will auch nicht darüber nachdenken müssen, was sich in ihrem Magen vermengt hat. Der Wein. Und irgendwelche Tabletten. Keine Ahnung, wie viele davon.

Elena war noch unterwegs. Es war Hajo, der Susanne fand, als er endlich nach Hause kam. Fiel ihm die Stille auf, die über dem Flur lag? Oder kannte er sie schon, weil es dieselbe Stille war, die sich auch sonst ausbreitete, wenn Susanne lange im Bett blieb?

Er kommt zur Tür herein, und da liegt sie, regungslos auf den dreckigen Fliesen. Eigentlich ist es am allerschlimmsten, sich Hajo in dem Moment vorzustellen.

Wie er stockt und dann sofort zu ihr stürzt, sich über sie beugt und »Sanne!« schreit.

»Sanne!«

»Kannst du mich hören!«

»Sanne!«

Und Susanne rührt sich nicht.

Er versucht, sie wachzurütteln, während die Panik sich in ihm breitmacht. Er hält die Wange an ihre Nase – ist da ein Atemhauch oder nicht?

Atmet Susanne?

Atmet sie noch?

Er kann es nicht sagen!

Was ist mit dem Puls?

Zwei Finger an ihr Handgelenk.

Auf die blauen Adern gepresst.

Doch auch dort ist nichts zu spüren.

Er dreht Susanne auf die Seite, dann fasst er in ihren Mund.

Da fängt Susanne an zu husten.

Ist es Erleichterung oder Ekel, was sich nun in Hajo breitmacht, während er sie vom Boden aufhebt? Ist er froh, dass seine Fee noch lebt, oder ist sie in diesem Moment endgültig für ihn gestorben?

Wahrscheinlich hat er gar nichts gedacht, sondern einfach reagiert. Hat nicht auf den Notarzt warten wollen, sondern sie auf den Rücksitz gelegt und ist ins Krankenhaus gefahren. Dort wartet er vor der Tür zum OP, während man ihr den Magen auspumpt, die gebrochenen Rippen verbindet und feststellt, dass sonst wenig passiert ist außer einer Gehirnerschütterung.

Und dann sitzt Hajo an ihrem Bett und denkt vielleicht an das Bauernhaus, an seinen Traum von einem Heim und daran, was dabei schiefgegangen ist. Kann es sein, dass seine Frau sich dort gar nicht zu Hause fühlt? Dass er sie an einen Platz verschleppt hat, an dem sie zwangsläufig eingehen musste?

Erst in den frühen Morgenstunden, als er sich wirklich sicher ist, dass er Susanne allein lassen kann, macht er sich auf den Weg zurück, übermüdet und durcheinander.

26

In den Tagen nach jener Nacht war das Bauernhaus wie von Nebel umgeben. Er dämpfte jeden Schritt darin und ließ die Stunden seltsam verschwimmen, Mittage glitten in Abende über, ohne dass jemand sie überhaupt wahrnahm.

Irgendwann setzte der Regen ein, der schon längst überfällig war. Gleichmäßig rauschte er auf die Ziegel und durch die Blechrinnen hinab. Langsam dampfte die stickige Luft auf die trockene Wiese hinaus.

Elena lehnte an ihrem Fenster. Sie rauchte die letzten Zigaretten, die noch in ihrer Schachtel waren, und blickte den weißen Rauchwolken nach, wie sie zwischen den Tropfen zerstoben.

Sie wünschte, Susanne wäre da. Nicht die Susanne der letzten Jahre, die immer müder geworden war – Elena sehnte sich nach der Mutter, die am Ufer des Sees gestanden und so lange übers Wasser gerufen hatte, bis ihre Tochter endlich zurückkam.

Wie schön wäre es, sich an sie zu kuscheln! Den Kopf in Susannes Schoß zu bergen, in einen dieser warmen Röcke, die nach herben Zedern rochen.

Doch Susanne war noch im Krankenhaus, und Elena hatte sich geweigert, Hajo zu ihr zu begleiten. Sie hatte Angst vor dem Häuflein Elend in dem weißen Klinikbett.

Susanne würde erst einmal dort bleiben, zur Beobachtung, hatte Hajo gesagt. Ansonsten hatte er kaum geredet, auch nicht darüber, warum sein Wagen nicht mehr in der Garage stand. »Blechschaden«, hatte er gemurmelt, dann war er mit wirren Haaren wieder in seinem Büro verschwunden.

Ein Klingeln drang durch das leere Haus. Es zerriss die lethargische Stille.

Elena schloss ihre Augen. Sie ließ den metallischen Ton verhallen.

Ein zweites Klingeln.

Das Wochenende, das auf die lange Nacht gefolgt war, war wohl inzwischen vorübergegangen. Irgendwo, an anderen Orten, hatte der Alltag wieder begonnen.

Auf Socken schlich Elena zur Tür. Vorsichtig drückte sie die Klinke.

Mone!

Ihre nassen Locken klebten an den geröteten Wangen, Wasser tropfte von der Nase. Sie war wohl mit dem Fahrrad gekommen, obwohl es noch immer in Strömen goss.

»Da bist du ja, Gott sei Dank!«, rief sie. »Ich habe mir solche Sorgen gemacht. Christoph meinte, dir war ziemlich schlecht, als er dich nach Hause brachte?«

Die Wärme, die von ihrem Körper ausging, schlug Elena wie eine Wolke entgegen. Wie gerne hätte sie sich der Freundin einfach in die Arme geworfen!

»Ich hatte dich ja gesucht«, sagte Mone. »Ich war wohl selber ziemlich betrunken. War das nicht eine seltsame Party? Allein diese Typen, die da waren?«

Elena blieb im Türrahmen stehen.

Sie senkte den Blick auf den Fußabstreifer, um Mones Augen nicht zu begegnen. Die Arme vor der Brust verschränkt, ließ sie die Freundin im Regen stehen.

Mone sah sie forschend an.

Nach einer Weile fragte sie: »Hast du das von Moritz gehört?«

»Wie sollte ich?«, sagte Elena.

Sie spürte einen leichten Stich irgendwo in der Magengegend.

Mone trat näher an die Tür.

»Von dem Unfall hast du noch gar nicht gehört? Moritz hat das Motorrad genommen, später, da warst du schon nicht mehr da. Er wollte auf eine andere Feier. Und das um vier Uhr in der Früh! Wir wollten ihn ja nicht fahren lassen, nach allem, was er getrunken hatte. Aber du weißt ja, wie das ist. Solche Typen hältst du nicht auf.«

Es klang, als würde sie von jemandem sprechen, dem sie nur flüchtig begegnet war.

Doch Elena stockte plötzlich der Atem.

»Tut mir leid, Elena! Macht dir das was aus? Ich weiß, du hast ihn mal gemocht, aber ich dachte, das wäre vorbei?«

In Elenas Brust tat sich ein Loch auf, durch das sie tiefer und tiefer fiel. Ihre Knie zitterten. Sie hielt sich an der Türklinke fest.

Das konnte alles gar nicht wahr sein. Da konnte kein Zusammenhang sein! Nein, es war bestimmt nur Zufall, dass Hajos Auto in der Werkstatt war.

»Hey!« Mones Hand lag auf ihrem Arm. »Denkst du eigentlich an die Proben? Bis zur Aufführung sind es nur noch zwei Wochen.«

»Ich bin da raus.«

Elena sagte es hart, obwohl sich dabei alles in ihr wand.

Auf einmal konnte sie nicht mehr. Die Welt war viel zu viel für sie. Sie musste das alles überdenken, nein, da gab es nichts mehr zu denken, es war einfach nur fürchterlich.

»Und wer spielt dann Sheila?«, fragte Mone.

Sie sprach so sanft wie mit einem Kind, dem sie beibringen wollte, dass seine Idee in der Wirklichkeit nicht funktionieren konnte.

Aber Elena schrie sie an:

»Warum nicht du? Das wolltest du doch! Du wolltest doch immer Sheila sein. Am besten nimmst du das Kleid gleich mit. Ich ziehe es bestimmt nicht mehr an.«

Sie wartete nicht auf Mones Antwort, sie drehte sich um und rannte hinein.

Als sie das Kleid vom Bügel zerrte, das immer noch nach dem Duschgel roch, hielt sie für einen Augenblick inne. Es würde nicht zu Mone passen, sie würde hässlich darin aussehen. Niemand sonst konnte Sheila sein, niemand außer Elena.

Christoph würde zu Boden blicken. Er würde seine Zeilen murmeln und noch enttäuschter von ihr sein. Der Beleuchter würde den Mond ausschalten.

Elena knüllte das Kleid zusammen. Sie nahm Christophs Pulli von ihrem Kissen, dort hatte sie auf ihm geschlafen, und stopfte ihn zu dem Kleid in die Tüte. Sie schluckte. Noch einmal hielt sie kurz inne. Dann ging sie wieder zurück zur Tür.

Als sie Mone die Tüte reichen wollte, verschränkte die ihre molligen Arme.

»Elena, was ist los mit dir?«

»Nichts«, fauchte Elena. »Gar nichts ist los.«

Sie drückte die Tüte in Mones Hände. Da hast du das Kleid, und jetzt geh endlich, geh! Und lass mich allein mit meinem Kummer.

Zögerlich wich Mone zurück und stieg wieder auf ihr Fahrrad.

»Der Pulli gehört Christoph«, rief Elena noch, bevor sie aus der Einfahrt verschwand.

Elena tappte zum Briefkasten an der Ecke. Die Zeitungen stauten sich schon darin. Sie trug sie ins Haus wie heiße Steine.

Elena blätterte durch den Stapel, bis sie die Nachricht endlich fand, die ihr endgültig Gewissheit gab. Sie war nicht lang, nur eine Notiz in der Randspalte einer rechten Seite.

»Der Berufsschüler Moritz L. erlitt einen schweren Motorradunfall. Er befand sich auf der Gegenfahrbahn, als ihm ein Pkw entgegenkam. L. wurde aus der Kurve geschleudert. Warum er seine Spur verließ, war bei Redaktionsschluss noch nicht geklärt. Der Unfall geschah in der Nacht zum Freitag. Moritz L. liegt seither im Koma.«

Ich bin davongelaufen«, sage ich. »Wir sind alle davongelaufen.«

Der Therapeut nickt. Er lächelt mir zu. Kein großes, aber doch ein Lächeln.

In der Vase auf dem Tisch stehen heute Papageientulpen. Ihre gelben, gefiederten Kelche sind gerade dabei, sich zu öffnen.

Auf einmal fällt es mir so leicht, mit meinen Gedanken fortzufahren.

»Ich meine – es war doch nicht notwendig, unser Bauernhaus zu verkaufen. Bloß weil sich Hajo – ach, keine Ahnung, was er sich dabei gedacht hat! Was konnten denn die Mauern dafür, was zwischen ihnen mit uns passiert ist? Und wenn meine Eltern schon umziehen mussten – warum dann nicht gleich ganz neu anfangen, am besten in einer größeren Stadt, wo sie mehr Möglichkeiten hätten? Sie haben nur an sich gedacht! Und weil sie nicht wussten, wohin mit mir, haben sie mich einfach weggeschickt.«

»Und Sie?«

Ich schlucke.

»Ich bin gegangen. Ich meine – es schien mir am einfachsten. Mone nicht mehr treffen zu müssen. Mich nicht vor Christoph rechtfertigen zu müssen. Und Susanne – wissen Sie, ich konnte sie einfach nicht mehr sehen. Als Hajo und Hilde die Idee hatten, dass ich ins Internat gehen könnte, schien mir das der beste Ausweg.«

»Wie ging es Ihnen im Internat?«

»Gut. Also – ich habe eben gelernt. Ich musste ja irgendwie vorankommen.«

»Und, haben Sie noch Theater gespielt?«

»Theater? Nein. Nie mehr seitdem. Es kam mir wie Zeitverschwendung vor. Nur so zu tun, als wäre ich jemand anderes. Ich wollte jemand anderes sein!«

27

Am ersten Feiertag wachte ich mit einem starken Pochen im Kopf auf.

Ich blinzelte unter verkrusteten Lidern, meine Wangen waren geschwollen. Etwas drückte an den Rippen: die Knöpfe meiner Seidenbluse.

Kein Wunder, dass mir so fürchterlich heiß war. Die Bluse klebte mir am Körper, die Decke klebte an der Bluse. Ich suhlte mich in meinem Schweiß. Langsam bewegte ich die Arme.

Mein Blick fiel auf die Binde aus Mull, die um meine Hand gewickelt war.

Ich hatte also nicht geträumt.

Aber wo war – herrje, mein Smartphone!

Es lag auf dem Boden neben dem Bett. Das Display teilte sich in zwei Hälften, es war genau in der Mitte gesprungen. Die schwarze Flüssigkeit unter dem Glas erinnerte an einen Rorschachtest.

Ich presste den Daumen auf die Tasten.

Das Display blieb ohne jede Regung.

Wie sollte Steffen mich jetzt erreichen?

Sicher war er es gewesen, der am Vortag angerufen hatte. Nun konnte ich nicht einmal mehr meine Nachrichten abhören.

Die Hand in der Mullbinde pulsierte. Oder war das mein Herz, das klopfte? Bis in die Spitzen meiner Finger?

Ich brauchte dringend ein neues Gerät!

Es musste doch irgendwo eines geben, in einem dieser kleinen Läden, in dessen Schaufenstern Bügeleisen neben Digitalkameras lagen.

Mit Schwung schlug ich die Decke zurück und stand schon in der Mitte des Zimmers. Ich spürte die Kälte an meinen Beinen und hatte sofort eine Gänsehaut.

Ich würde mir den Saab ausleihen und ins Industriegebiet fahren. Die SIM-Karte würde ich gleich mitnehmen, dann konnte ich sie mir einsetzen lassen.

Auf einmal gab der Boden nach. Das Zimmer verschwamm vor meinen Augen. Ich taumelte, bis ich den Schreibtischstuhl fand. Festhalten. Und stehen bleiben.

Die Läden waren ja geschlossen. Niemand würde ein Smartphone verkaufen. Niemand brauchte eines – nur ich.

War ich tatsächlich der einzige Mensch, der an Weihnachten arbeiten wollte?

Nein, Steffen hatte angerufen, sogar an Heiligabend selbst! Steffen wartete darauf, dass ich mich bei ihm meldete.

Oder – er hatte doch angerufen? Ich hatte doch die Melodie gehört?

Plötzlich war ich mir nicht mehr sicher.

Ich ließ mich auf den Holzstuhl sinken.

Auf dem Schreibtisch lag das Laptop, das die Präsentation in sich barg. Sie war immer noch nicht fertig, nicht halb, nicht einmal zu einem Drittel.

Ich hätte das Laptop aufklappen können, noch einmal die Zähne zusammenbeißen. Ich hätte dort auch meine Mails lesen können. Wenn ich mich nur richtig konzentrierte –

Stattdessen knöpfte ich mit tauben Fingerkuppen die Bluse auf. Im Schrank fand ich einen alten Pulli, den ich über mein Unterhemd zog.

28

Susanne war dabei, ein Huhn auszunehmen.

Sie beugte sich über die Arbeitsfläche, ihr Messer trennte die Sehnen vom Fleisch. Ihre Finger betasteten die Haut, dann griff sie energisch in den Bauchraum.

Ich drückte mich an den Küchentürrahmen.

»Was wird das?«

»Guten Morgen, Süße.«

Sie tat, als sei sie gar nicht verwundert, dass ich mich jetzt erst blicken ließ.

»Hattet ihr einen schönen Abend?«

Eine idiotische Small-Talk-Frage.

»Ach ja. Wir haben halt gegessen und die Kerzen angezündet. Dann wollten wir alte Platten hören, aber die waren in deinem Zimmer.«

Der vertraute Geruch nach Ruß lag auch hier noch in der Luft. Ich zog mich in den Pullover zurück und stülpte die Bündchen über die Finger.

Susanne warf etwas in die Schüssel. Zwei weitere Hühner warteten noch.

»Orientalisch«, sagte sie. »Es hat auch einen besonderen Namen, aber den hab ich schon wieder vergessen. Hast du die Petersilie gesehen? Sie muss irgendwo hier liegen!«

Irgendwie wirkte Susanne fahrig.

Ich schaukelte die Granatapfelhälften.

»Machst du den Aufwand meinetwegen? Drei Hühner sind ja ziemlich viel.«

Susanne zerstieß kleine Samen im Mörser.

»Wir be-kom-men Be-such«, sagte sie.

Mit jeder Silbe traf sie ein Korn.

Sie klopfte auf die Mörserschale, bis sich die letzte Hülse löste. Ich wartete darauf, dass sie weitersprach.

»Hilde kommt«, sagte sie. »Hilde, mit Dieter. Obwohl sie sich wohl ziemlich verspäten. Sie sind mit dem Auto unterwegs. Weiter im Norden schneit es schon.«

Mein Knie begann schon wieder zu zittern.

Auch das noch. Besuch. Jetzt, ausgerechnet. Von Hilde und Dieter, die Hajo damals das Geld für meine Ausbildung gegeben hatten.

Ich bohrte die Gabel in den Tisch.

Ich wollte mich nicht zusammenreißen! Ich wollte meine beiden Hände in die Granatapfelhälften graben, mir mit dem Rot das Gesicht beschmieren, bis es so aussah, wie ich mich fühlte.

»Seit wann sprecht ihr wieder miteinander?«

»Ach«, Susanne hatte mir ihren Rücken zugewandt.

»Wann habt ihr euch denn zuletzt gesehen?«

»Du weißt ja, wir sehen uns nur unregelmäßig.«

»Alle zehn Jahre, oder wie?«

Sie seufzte vernehmlich in ihre Kräuter.

»Ich habe mit Rüdiger darüber gesprochen. Er hat gemeint, er kann das spüren, dass da noch alte Lasten sind. Ich habe Hilde angerufen, um mich endlich davon zu befreien.«

Ich pulte in der festen Schale. Die dünnen Fruchthäutchen platzten auf, ich leckte die Saftspritzer von meinen Fingern.

Susanne legte das Messer beiseite.

»Sie ist eben meinen Eltern sehr ähnlich, und das macht mich manchmal rasend. Dieses gesellschaftliche Gehabe und diese Oberflächlichkeiten. Natürlich, sie wurde so erzogen. Aber sie hätte auch ausbrechen können. Diese Möglichkeit hatte sie. Ich habe das ja auch getan.«

Auf einmal hörte ich das Ticken der Wanduhr. In der Küche war es sonst still geworden.

»Auf keinen Fall etwas hinterfragen. Und immer schön die Haltung bewahren! So sind meine Eltern durchgekommen, damals, in der Nazizeit. Und dann, mit mir, ihrer eigenen Tochter, haben sie es einfach genauso gemacht. Was die Gesellschaft von ihnen dachte, war ihnen wichtiger als ihr Kind!«

Wie eine scharfe Guillotine senkte das Messer sich auf die Blätter. Die Kräuter schneiten in die Schüssel und besprenkelten das Bord daneben.

Und plötzlich sah ich dieses Zimmer mit der Efeutapete vor mir, die ganze Wand voll dunklem Laub, bis hin zu den schweren Samtvorhängen. Auf dem Kaffeetisch die Tassen, weiß mit einem Veilchenmuster. Die Sahnetorte steht noch im Kühlschrank, Susannes Eltern sind unterwegs.

Aber die ältere Tochter ist da. Susanne öffnet die hohe Tür, um den Mann hereinzulassen, der viel zu früh zum Kaffee kommt. Er habe sich wohl in der Zeit geirrt, sagt er mit einem feisten Grinsen.

Sie kennt den Mann, auch wenn sie ihn nicht mag. Es ist der, der ihre Mutter anfasst.

Mit schweren Schritten tritt er ein, ganz so, als sei er dort zu Hause, und Susanne kann nicht anders, sie lässt sich von ihm ins Esszimmer schieben.

Und dort drängt er sie an den Tisch.

Sie ist zu erschrocken, um sich zu rühren, sie stellt sich tot wie ein ängstliches Tier. Protestieren – das hat sie erst nachher gelernt, damit ihr so etwas nie wieder passiert.

Die Stimmen der Eltern ertönen im Flur. Ein kurzer Moment, so denke ich es mir, in dem das Hemd, das weiße, gestärkte, wieder im Hosenbund verschwindet. Ein Veilchenteller segelt zu Boden. Da stehen die Eltern in der offenen Tür.

Sie schütteln Herrn Kühne freundlich die Hand und grüßen ihn, als sei nichts gewesen. Und schon wird die Torte aufgetragen. Herr Kühne bekommt das größte Stück.

»Ich habe gewartet«, sagte Susanne. »Darauf, dass sie etwas sagen. Ich war ja die ganze Zeit noch dabei. Aber sie haben nur Kuchen gegessen.«

Sacht schob ich die Gardine beiseite. Die Siedlung lag im Feiertagsschlaf. Lichter strahlten an der Tanne des Nachbarn, ein weißer Flaum zierte den Jägerzaun. Es hatte tatsächlich zu schneien begonnen. Flocken fielen auf den Rasen. Unter der Straßenlaterne am Eck tanzten sie wie im Sommer die Motten.

In meinem Rücken schälte Susanne die Zwiebeln aus ihrer knisternden Hülle. Ich hörte sie hinter mir leise schniefen.

»Es schneit«, sagte ich und musste schlucken.

Geräuschvoll zog sie die Nase hoch.

Ich trat auf sie zu und streichelte ihr mit roten Händen über die Wange.

»Keine Sorge«, sagte sie leise. »Das ist alles lang vorbei.«

Sie drückte mich mit ihren Klimperarmreifen, ihr öliges Haar streifte sanft das meine. Und da fiel ich einfach, fiel an ihre weiche, BH-lose Brust.

Sie sind tatsächlich zu Besuch gekommen. Verlegen stehen sie in der Halle, Hajo hat die Hände in den Taschen, Susanne nestelt an ihrem Schal.

Als sie meine Schritte hören, heben sie synchron den Kopf. Sie sehen mich erwartungsvoll an. Ich drücke mich kurz an Susanne.

Schon lassen wir den Park hinter uns. Wir biegen in einen Feldweg ein. Die Erde gibt nach unter unseren Schritten. In der Wiese stehen die ersten Halme, frisch sprießen sie aus dem Gras vom Vorjahr. Auf die dunklen Äste der Bäume hat sich ein hellgrüner Schleier gelegt. Der Himmel strahlt blau über den Feldern. Susanne hakt sich bei mir unter.

Zögerlich kommen ihre Worte, als müsste sie prüfen, ob sie passen. Noch nichts Heikles, wohl einfach das Erste, was ihr eingefallen ist:

»Wir haben in den letzten Wochen über Indien nachgedacht.«

Ich verlangsame meine Schritte.

»So weit weg wart ihr schon lange nicht mehr.«

»Nein, deshalb dachten wir, wir sollten.«

»Wart ihr da nicht vor meiner Geburt?«

Susanne lächelt.

»Ja, das war schön! Wir sind ja einfach hingeflogen und haben dann am Strand gezeltet. Und morgens stand eine Kuh vor dem Eingang! Wie wir da erschrocken sind!«

Ihr warmes Lachen schwebt über die Wiese.

»Davon habt ihr nie erzählt.«

»Das kann ich mir kaum vorstellen, Süße. Wir haben noch Jahre davon gezehrt. Aber du warst vielleicht noch zu klein, um dich daran zu erinnern.«

»Ist jetzt wahrscheinlich ganz anders dort.« Hajo öffnet seinen Parka für die warmen Sonnenstrahlen. »Mehr Touristen und so weiter.«

»Und wenn schon. Du hast doch auch gesagt, dass wir noch einmal fliegen sollten. Und manches kann sich gar nicht ändern. Diese intensiven Farben! Weißt du noch, die bunten Häuser? Und die Stoffe auf den Märkten. Ich hätte sie damals alle gekauft, wenn uns das Geld nicht ausgegangen wäre.«

»Hast du eigentlich – dieses Kleid –«

Es ist mir über die Lippen gerutscht, bevor ich es zurückhalten konnte:

»Dieses lila Hippiekleid – war das auch von eurer Reise?«

Susanne sieht mich verwundert an.

»Welches lila Kleid meinst du?«

Ich beschreibe die Spiegelscherben, die bunte Stickerei auf der Brust, die langen, pluderigen Ärmel. Ich habe noch jedes Detail im Kopf.

»War das auch aus Indien?«

Susanne blickt suchend über das Feld. Endlich erhellt sich ihr Gesicht.

»Ach, dieses alte Ding meinst du!«

Ihr Zopf, der an der Spitze ausfranst, rutscht beim Kopfschütteln hin und her.

»Ich weiß gar nicht, wo das herkam. Du hattest es irgendwo gefunden. Es ist dir ja viel zu groß gewesen, ich dachte immer, du würdest gleich stolpern. Aber du musstest es unbedingt tragen!«

»Hattest du es nicht auch mal an?«

»Ich? Nein, Süße, nie im Leben. Das hast du dir wohl eingebildet. Ich musste als Kind immer Kleider tragen und hatte dann wirklich genug davon. Hajo hat mich jahrelang nur in Jeanshosen gesehen.«

»Haben dir ziemlich gut gestanden.«

Susanne pufft ihn in die Seite.

»Ach, erinnere mich nicht daran, dass ich einmal jung und schlank war! Wie kommst du darauf, Elena?«

»Nicht so wichtig«, murmele ich.

Es hat also gar keine Fee gegeben, die in dem Kleid zur Uni lief? Keine wehende Traumgestalt, die über die Wiese auf Hajo zukam? Stattdessen eine Studentin in Jeans. Wahrscheinlich trug sie sogar Schuhe. Falls es überhaupt an der Uni passiert ist und ich das nicht auch durcheinandergebracht habe.

Beziehungsweise konstruiert – so würde der Therapeut es nennen. Er hat mir in unserer letzten Sitzung einen Vortrag darüber gehalten:

»Wir merken uns einige wenige Szenen, andere vergessen wir. Wir gehen dabei sehr selektiv vor, ohne dass es uns auffallen würde. Manchmal erfinden wir sogar Dinge und beginnen an sie zu glauben. Das alles ist unsere Erinnerung. Eine trügerische Quelle. Aber wir sind eben versessen darauf, in allem Zusammenhänge zu sehen. Wir geben Dingen einen Sinn, weil wir glauben, ihn zu brauchen.«

Susanne redet inzwischen schon weiter.

»Mone war neulich wieder im Kurs. Ich habe ihr von dir erzählt. Sie hofft, dass es dir besser geht. Ich soll dir liebe Grüße ausrichten.«

Ich nicke, es kommt fast automatisch. Es macht mich nicht einmal ärgerlich, dass Susanne alles weiterträgt.

»Ich dachte, ich könnte sie besuchen. Später, wenn ich – na ja, hier raus bin.«

»Sie würde sich sicher darüber freuen. Und dann lernst du auch Jonas kennen.«

»Jonas?«

»Ihren kleinen Jungen. Habe ich dir schon von ihm erzählt?«

Ich schlucke.

»Wie, sagtest du, heißt er – Jonas?«

»Ja, wie denn sonst?«

»Ich dachte – egal. Natürlich will ich ihn kennenlernen.«

Ich beiße mir auf die Unterlippe. Wie oft habe ich mich noch geirrt?

Die Wolle kratzt an meinem Hals.

Es ist ganz still hier zwischen den Wiesen. Nur manchmal von fern ein Motorengeräusch. Das Zwitschern der Vögel im Wäldchen vor uns. Das Schmatzen der Schuhsohlen auf dem Weg.

»Und du«, sagt Susanne. »Wie machst du weiter?«

»Na, wie schon«, würde ich gern sagen.

Doch ich sage:

»Ich weiß es noch nicht. Ich habe überhaupt keine Ahnung.«

Ich ziehe meine Nase hoch und spüre den Wind in meinen Haaren.

»Musst das ja auch nicht gleich entscheiden«, sagt Hajo. »Lass dich nicht drängen.«

Susanne legt ihren Arm um mich.

»Weißt du, wir hatten uns gedacht – vielleicht willst du mit uns nach Indien reisen?«

»Würden uns freuen, wenn du dabei wärst. Könntest uns auch mit dem Englisch helfen.«

Vor einigen Monaten hätte ich wohl ziemlich sicher Nein gesagt. Indien – ausgerechnet, ein Land, in dem es nicht überall Internet gibt, von Strom und Duschen ganz zu schweigen. Ein Land des großen Durcheinanders, das an seltsame Rituale glaubt und wo man Gefahr läuft, krank zu werden, wenn man nur ein Glas Wasser trinkt.

Jetzt aber stelle ich es mir schön vor. Oh, ja, lasst uns nach Indien fliegen! Durch ausgeblichene Straßen laufen, auf denen gelber Currystaub liegt, niesen, weil uns der Nelkenduft gelegentlich in der Nase kitzelt. Wir werden uns vor Göttern verneigen, die undurchdringlich von Sockeln lächeln, und unserem Elefantengott opfern, der uns doch irgendwie beschützt.

Susanne wird sich die Lippen anmalen und dazu einen Punkt auf die Stirn, sie wird sich in farbige Tücher hüllen und sich mit klimperndem Blechschmuck behängen. Hajo wird von den Tempeln schwärmen, von Friesen und Pagodendächern. Und wenn wir Durchfall vom Dal bekommen, spüren wir, dass wir lebendig sind!

»Ich denke darüber nach«, sage ich und lächle ein bisschen vor mich hin.

Vielleicht habe ich danach den Mut, wieder bei Christoph anzurufen.

29

Ich traf Christoph im Studium wieder.

Es war Herbst, doch die Blätter knisterten kaum noch – der Regen hatte sie aufgeweicht. Meine Sohlen waren dünn geworden; von der stickigen Luft in den U-Bahn-Schächten hatte ich einen Schnupfen bekommen. Der Wind, der am Ende der Rolltreppe blies, erwischte mich jedes Mal wieder kalt. Ich knöpfte den Mantel bis zum Kinn und biss die Zähne fest zusammen.

Ich hatte mich für München entschieden. München war irgendwie strukturierter, aufgeräumter als Berlin. Außerdem war BWL dort besser. Zumindest hatte ich das gelesen.

Ich ging oft in die Bibliothek. Ich kam, wenn die Reihe vor dem Fenster noch leer war, und ging, wenn sie es bereits wieder wurde. Ich lernte, als gäbe es nichts anderes. Und irgendwie gab es das auch nicht.

Hinter mir standen Schatten auf, spiegelten sich in der Scheibe. Sie gingen rauchen, Kaffee trinken. Ich schaffte es gut, sie auszublenden.

An einem dieser grauen Tage stand Christoph plötzlich hinter mir in der Schlange am Kaffeeautomaten. Ich spürte das Tippen auf der Schulter.

»Kannst du mir Geld wechseln?«, fragte er.

Er sah noch immer aus wie Claude. Auch wenn er längere Haare hatte – die Locken hingen ihm über die Ohren.

Doch ihr Rot war so weich wie damals. Es hatte noch immer die Farbe von Rüben.

»Oh«, sagte er oder etwas in der Art.

Auch er erkannte mich wohl erst jetzt.

Die Düse am Automaten zischte, die Luft vibrierte, da stand mein Kaffee. Er zitterte weiter in dem Becher, während ich ihn an mich nahm.

Ich suchte das Geld. Ich hatte tatsächlich noch ein paar Münzen im Portemonnaie und ließ sie in Christophs Handfläche fallen. Er zuckte zusammen, als ich ihn berührte.

Ich lehnte mich an den Automaten und hörte, wie Christoph die Münzen einwarf. Ich wagte nicht, auf seine Finger zu blicken, noch weniger, sein Gesicht anzusehen.

Er prostete mir mit dem Pappbecher zu, ich hob den meinen ebenfalls. Das Schweigen hatte so lange gedauert, dass wir nun gleichzeitig redeten:

»Was machst du –«

»Wie kommst du hierher?«

Wir hielten inne und lächelten beide.

»Ich studiere Astrophysik.«

»Ist das nicht irgendwas mit Sternen?«

Auf einmal kam es mir so vor, als wäre nicht mehr als ein Tag vergangen, seit er mich in der Nacht am See mit dem Rad nach Haus gebracht hatte.

Er fragte, ob ich noch Kaffee wolle. Ich hatte schon viel zu viel getrunken, aber wir gingen hinaus in den Regen und über die Straße ins nächste Café.

Wir bekamen nur einen Platz an der Tür, und ich fror, denn der kurze Vorhang aus Filz hielt den kalten Luftzug nicht auf. Christoph klemmte ein Bein unter den Tisch. Sein Knie stieß an meines, er bat um Verzeihung.

Ich spielte mit der Zuckerdose. Ich hatte Angst, er würde fragen. Doch Christoph begann von sich zu erzählen. Vielleicht ahnte er, dass das besser war.

Er war nach dem Abi herumgereist, fünf Monate lang durch Südostasien. Das Geld hatte er mit Jobs verdient. Dann hatte er seinen Zivildienst gemacht. Seit einem knappen Jahr war er hier.

Ich konnte kaum glauben, was ich hörte. War das wirklich Claude aus Alabama? Er schien so vieles erlebt zu haben in den Jahren seit jenem Sommer.

Er redete, und ich hörte zu, bis er aufhörte und mich einfach nur ansah. Leise flimmerten seine Augen, hellbraun mit kleinen gelben Sprenkeln.

Was sah er in mir, sah er Elena? Ich war ihr nicht mehr sehr ähnlich, fand ich. Ich zog mich in weite Hemden zurück und versteckte mich hinter meinen Haaren, die Abende in der Bibliothek hatten mich müde und fahrig gemacht. Das einzige Hübsche an mir war meine neue schwarze Brille. Sie machte meine Augen größer. Ich trug sie nun nahezu jeden Tag.

So saßen wir und sahen einander an. Irgendwann musste Christoph dann gehen. Er sagte, er müsse noch Wäsche waschen. Die Maschine in seiner WG sei kaputt.

Bestimmt gab es einen Waschsalon, der näher lag als der in meiner Straße. Und die Wäsche, die ich selbst hatte, hätte wohl auch noch warten können. Wie zitterte ich in der halben Stunde, in der ich sie zusammensuchte! Ich hatte Angst, zu spät zu kommen, und fürchtete, er würde nicht da sein.

Wir trafen uns vor den rotierenden Trommeln, die sich bewegten wie mein Magen; meine Haare waren nass, ich hatte vergessen, den Schirm mitzunehmen. Christoph sortierte seine Wäsche, Weiß zu Weiß und Schwarz zu Schwarz und Grau auf einen Extrahaufen. Ich legte meine Sachen dazu und tat, als sei gar nichts dabei.

Diesmal waren die Trommeln voll, was bei mir allein nur selten vorkam. Ich sah zu, wie sie langsam anrollten und dann immer schneller wurden, wie der Schaum durch die Stoffe quoll und am Bullauge Blasen schlug. Ich sog die stickige Wärme ein, die sich in Waschsalons immer staut, und während sich unsere Socken vermengten, war auf einmal alles klar.

Das Licht der Neonröhren war blau, fast wie der Mond über den Kulissen. In meinem Kopf erklang die Musik. Diesmal ließe ich Claude nicht ziehen.

Christophs Zähne trafen die meinen. Hatte er überhaupt schon einmal richtig geküsst? Ich sah kurz auf, der Salon war voll, aber niemand beachtete uns.

30

Das Laptop surrte, als ich es hochfuhr.

Unruhig trommelten meine Finger, während ich darauf wartete, dass sich der Bildschirm endlich klärte. Ich startete das E-Mail-Programm. Langsam füllte sich die Sanduhr.

Es hatte mir keine Ruhe gelassen. Bevor Hilde und Dieter das Haus betraten und ihr Gespräch den Abend füllte, wollte ich Gewissheit haben.

Die Sanduhr verschwand. Fertig geladen.

Konnte das denn möglich sein?

Ich drückte ein zweites Mal auf »Empfangen«. Aber nichts passierte mehr.

Eine einzige neue Nachricht.

Ich starrte auf das weiße Viereck und auf die wenigen schwarzen Zeilen.

»Hallo Elena«, stand dort, »mach dir schöne Feiertage!«

Die Zeilen verschwammen vor meinen Augen, bis sie nur noch Schatten waren. Steffens Signatur darunter war dreimal so lang wie der Text an sich.

Das alles war einfach völlig unmöglich!

Ich hatte mit Anweisungen gerechnet, mit Fragen nach der Präsentation, mit ersten Gedanken zu den Kundentreffen im neuen Jahr.

Stattdessen: Schöne Feiertage. Das sollte es gewesen sein?

Die Wunde an meiner Hand juckte heftig. Ich rieb den Verband an der Schreibtischkante.

Ich klickte auf den Antwort-Button.

»Hallo Steffen«, tippte ich langsam.

Unschlüssig stand ich vom Schreibtisch auf und begann im Zimmer herumzugehen.

Der Raum war nahezu kahl, keine Poster, keine Puppen, keine Erinnerungsstücke. Von Anfang an hatte ich mich geweigert, hier überhaupt richtig heimisch zu werden.

Doch sie hatten mir den Plattenspieler und die Platten auf die Kommode gestellt. Ein kleiner Schauer durchfuhr mich. Wehmut. Ich blätterte durch die zerfledderten Hüllen.

Es knarzte, als ich die Knöpfe drückte. Der Lautstärkeregler leuchtete auf. Knackend senkte sich der Tonarm. Ich hielt meinen Atem an.

Der Anfang rollte an wie ein Truck, hielt kurz an, um zwei Tramper mitzunehmen, dann gewann das Lied an Fahrt mit jedem Schlag des Scheibenwischers. Der Truck fuhr über die nasse Straße, doch in der Kabine war es warm. Durch die Luft aus der Mundharmonika beschlugen die Fensterscheiben von innen.

Es war viel zu schön, um anzudauern.

Und da sah ich ihn auch schon, den Kratzer. Wie ein Riss in der dunklen Teerschicht, der den Truck zum Bremsen brachte, ließ er die Nadel nach oben schnellen. »Free-«, erklang die erste Silbe, dann brach das Wort ab und verhallte.

»Free-« – und mehr war nicht mehr zu machen.

Wie irritiert hing die Nadel in der Luft.

Aber ich hatte das Lied noch im Kopf, ich konnte es immer noch auswendig singen, bis zum Ende, wenn der

Truck so schnell wird, dass Janis ihm kurzatmig hinterherkeucht. Sie jodelt, bis ihre Zunge fast abbricht, dann gibt sie mit leisem Stöhnen auf, und ich flüsterte vor mich hin:

»Dass wir uns einfach gut gefühlt haben, hat mir und Bobby McGee schon gereicht.«

Entschlossen ging ich zurück zum Schreibtisch und wischte den Bildschirmschoner beiseite.

»Hallo Steffen, können wir sprechen? Am besten gleich nach den Feiertagen.«

Ich schrieb noch meinen Namen und klickte auf »Senden«.

Der ganze Flur duftete nach Huhn.

BRITTANI SONNENBERG
HEIMFLUG
ROMAN
ARCHE